中国历代通俗演义故事·农闲读本

东周列国志

原著　冯梦龙
编著　刘雪梅　杨从吾
插图　姚博峰

吉林出版集团股份有限公司

图书在版编目(CIP)数据

东周列国志／刘雪梅，杨从吾改编. —长春：吉林出版
集团股份有限公司，2008. 11(2023.8 重印)
(中国历代通俗演义故事：农闲读本)
ISBN 978-7-80762-949-8

Ⅰ.东… Ⅱ.①刘…②杨… Ⅲ.章回小说—中国—明代
—缩写本 Ⅳ.I242.4

中国版本图书馆 CIP 数据核字(2008)第 165863 号

DONGZHOU LIEGUO ZHI

书　　名	东周列国志
出版策划	崔文辉
责任编辑	赵晓星
出　　版	吉林出版集团股份有限公司
	(长春市福址大路 5788 号,邮政编码:130118)
发　　行	吉林出版集团译文图书经营有限公司
	(http://shop34896900.taobao.com)
制　　作	猫头鹰工作室
电　　话	总编办 0431-81629909　营销部 0431-81629880
印　　刷	三河市金兆印刷装订有限公司
开　　本	889×1194 毫米　1/32
印　　张	6.5
字　　数	103 千字
版　　次	2008 年 11 月第 1 版
印　　次	2023 年 8 月第 2 次印刷
标准书号	ISBN 978-7-80762-949-8
定　　价	38.00 元

(如有印装质量问题请与出版社调换。联系电话:18533602666)

❦ 前 言 ❧

　　《东周列国志》是历史演义小说,共一百零八回,从周宣王三十九年(公元前789年)写起,到秦始皇统一六国(公元前221年)结束,描绘了中国历史上第一个列国争霸、人才辈出的时代。

　　这段历史,在《左传》《史记》等史书中均有精彩记载,但很零散,好比珍珠,光彩夺目,却散落一地。到了明代,余邵鱼写成《列国志传》,冯梦龙把它改编成《新列国志》,清代蔡元放又加以改动,成为《东周列国志》。经过改编,历史变成了小说,曲折动人,通俗易懂。读这部小说,除消遣外,会有"三得":

　　其一,了解历史。小说以东周衰亡为背景,把五百年历史分为春秋、战国两段。前段以"春秋五霸"为主线,叙述霸主们的崛起和衰落,这五霸是:齐桓公、宋襄公、晋文公、秦穆公、楚庄王(另一种说法是:齐桓公、晋文公、楚庄王、吴王阖闾、越王勾践)。后段以"战国七雄"(齐、楚、秦、燕、赵、魏、韩)的故事为主要内容,呈现出实力和计谋的较量,展示了六国衰亡、天下归秦的大趋势。小说把各国既攻伐又联盟的复杂关系交代得清清楚楚,大致再现了历史,值得一读!

　　其二,享受故事。春秋战国时期,君主、谋臣、名将、勇士,不计其数。许多人物,千古流传,如割股啖君的介子推、掘墓鞭尸的伍子胥、卧薪尝胆的勾践、用兵如神的孙子等等;许多故事,为人乐道,如"赵氏孤儿"、"完璧归赵"、"毛遂自荐"、"荆轲刺秦"等等。小说将这些英雄豪杰的故事写得精彩纷呈、扣人心弦,值得一读!

其三,洞察人世。东周时代,大国想称霸,小国要生存;一方面是以大欺小,以强凌弱,另一方面也存在国际公约、游戏规则。小说认为国家只有担当道义、任用贤能才能强盛;各国只有不断改革,凝聚力量,才能生存发展。"读史使人明智",这部书虽是小说,却有认识世道人心的作用,值得一读!

然而,这部小说有七十万字,又是文言文,一般人读起来会费时费力。本书是对原著的精选与改写,以1979年人民文学出版社的《东周列国志》为依据。取舍标准是以"春秋五霸"和"战国七雄"为核心,把重要的历史事件、人物和故事表现出来;改写原则是通俗易懂、精彩生动、忠于原著、适当变通。不当之处,恳请指正。

编　者

目录

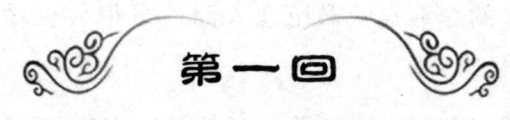

第一回

褒姒一笑亡西周
平王迁都启东周

中国历史自从三皇五帝之后，经历了夏、商、周，周朝又分为西周和东周，我们这部书，说的就是东周的故事。

话从西周末年说起，周宣王是西周倒数第二个天子。他在位三十九年的时候，京城附近忽然开始流行一首歌："月亮就要升起，太阳就要落下，用山桑木做弓箭，用野萁草编箭袋，西周西周，就要因此而灭亡。"

宣王命人抓来几个唱歌的儿童，问他们为什么唱这种大逆不道的歌，是谁教的。儿童都很害怕，说是几天前一个穿着红色衣服的小孩儿教他们唱的，教完之后就走了，谁也不知道他去哪了。宣王没有办法，就把这些儿童都赶走了，然后下了诏令，禁止任何人再唱这首歌，否则满门抄斩。第二天，宣王召集大臣们商议，一个老臣召虎说："这首歌的意思可能是说我们国家将发生变故，而且与弓箭有关。"又有一个大臣伯阳父说："我占卜过了，凶相可能就在王宫之内。月亮就要升起，太阳就要落下。太阳是男人的象征，月亮是女人的象征，这是说阴盛阳衰，可能预示着后妃干政导致国家大乱。"宣王说："姜王后掌管后宫，一向很好，王妃们也都很贤

1

德，女祸指的是谁呢？"君臣众人商议了很久也没有结论，只好退朝。

宣王闷闷不乐，来到姜王后宫中，把刚才大臣说的话都告诉了姜王后。姜王后说："最近后宫发生了一件怪事，我正想启奏大王。有一个伺候先王的老宫女，今年已经五十多岁了，先王在世时她就怀孕了，到现在四十多年了，昨天晚上才生下一个女婴。"宣王大惊，问道："那个女婴现在在哪？"姜王后说："我想这是个不祥之物，所以命人用草席把她包起来，扔到宫外二十里外的清水河中了。"宣王马上召见那个老宫女，问她怀孕的事。老宫女说："我以前就听说，夏朝最后一个天子桀在位的时候，褒城那个地方有一个神仙变成了两条龙，飞进了王宫里，吐着口水跟桀王说话。一个大臣说这是吉兆，让桀王把龙的口水收藏起来，龙神一定会保佑夏国的。桀王就让人收起龙口水放进一个红匣子中，藏在王宫的仓库里。但是不久夏朝就灭亡了，又经历了商朝四百多年，到了我们周朝，也有三百多年了，一直都没有打开那个匣子。先王在位的最后几年，有一天那个匣子忽然发光，先王就让人把它打开看看，谁知一不小心掉在地上，里面的龙口水流得满地都是。忽然那龙口水变成了一只小乌龟，在王宫里飞了几圈就不见了。我那时才十二岁，不小心踩到龙口水流过的痕迹，心中就有了感觉，很快肚子就鼓了起来，跟怀孕一样。先王怪我没有嫁人就怀孕了，把我关进冷宫，一直到现在四十年了。昨天晚上，我忽然觉得肚子很疼，竟然生下一个女婴。我不敢隐瞒，就报告了王后。事情就是这样的，奴婢罪该万死!"宣王说:"这都是过去的事了,不能怪你。"便让她下去了。

第二天,宣王把这件事告诉了伯阳父,又说:"那个女婴已经被扔进河里了,你算一卦,看看她死了没有。"伯阳父占卜之后说:"我推测,妖气虽然被赶出了王宫,但是却没有彻底消失。"宣王听了很不高兴,于是下令都城内外挨家挨户搜查,谁家从河里捞出女婴,不管死活,都要上交,否则全家抄斩。又想起弓箭的事,于是下令任何人不准制造和买卖用山桑木做的弓箭和用野萁草做的箭袋,抗命者处死。

话分两头,再说有一对乡下夫妻上城来做买卖,巧的是,他们要卖的正是用山桑木做的弓箭和用野萁草做的箭袋。他们刚进城门就被巡逻的士兵看到,一下子就抓住了那个女的,她丈夫不知道怎么回事,撒腿就跑,士兵们来不及追,只好看着他跑出城了。周宣王下令把这女的斩首,把那些弓箭都烧了,这两样正应了女祸和弓箭之祸的预兆,宣王以为这样就把祸害铲除了,慢慢放下心来。

再说那个做买卖的男人,一路逃跑,第二天听说自己的妻子被斩首,伤心了一番,但又庆幸自己跑得快,逃过一劫。不知不觉走到清水河边,忽然看见河面上很多鸟一起叼着一个草席子,正把它慢慢拖上岸来。那男人走到近处,从水中捞起草席,打开一看,竟是一个女婴,心中想道:"不知谁家扔的,这么多鸟把她叼上来,一定是个贵人。"于是脱下衣服,把那女婴包好,抱着她向褒城方向走去。

过了几年,周宣王死了,他的儿子即位,做了周幽王。这个幽王荒淫无道,整天不理朝政,专门派人到全国各地选美,供他享乐。褒城的一个大臣褒珦有一次劝谏了幽王几句,就被关进了监狱。褒珦的儿子为了赎出父亲,便给幽王献上了一个美女——褒姒,这褒姒不是别人,正是当年那个卖弓箭的男人在清水河里捞上来的女婴。当年那男人逃到褒城,把女婴给了姒大夫妻,这才取名叫褒姒。到现在,已经十四岁了,花容月貌,倾国倾城。幽王见了非常高兴,把后宫成百上千的妃子都撇到一边不理,专门宠幸这个褒姒。幽王日夜寻欢作乐,国家大事更是不闻不问。

　　说来也怪,这褒姒好像天生一个冷美人,虽然得到百般宠爱,却从来没有笑过。幽王想尽了办法却都没用。一天,幽王问褒姒喜欢什么,褒姒说:"我没有什么特别的爱好。只记得有一次用手撕绸缎,声音很好听。"幽王马上下令每天送来一百匹绸缎,让那些力气大的宫女使劲撕裂,给褒姒听。但即使这样褒姒还是不笑。幽王于是下令,谁能让褒姒开口笑一下,赏赐一千两黄金。果然,有一个叫虢石父的大臣来献计说:"先王在世的时候,西戎国很强盛,怕他们入侵,就在骊山下建起二十多个烽火台,又放置了几十架大鼓,一旦有敌人入侵,就点起烽火,烧得满天是烟,附近的诸侯国看见烟火就知道周王有难,便会马上派兵来支援,再敲响大鼓,催促他们快快行军。这些年来,没有什么战争,烽火台也就熄灭了。您要想让褒姒笑,就带她一起去骊山游玩,半夜点起烽火,诸侯国一定派大军赶来,来了却没有敌人入侵,褒姒看他们被耍了一定会笑的。"幽王听了很高兴,就带着褒姒去了骊山。到了半夜，就要点烽火。这时一个大臣郑伯友劝谏说："这样做万万不可！烽火台是紧急情况时才能用的！现在无缘无故点火，就是耍弄诸侯国，将来一旦真有敌人入侵，您再点烽火时就不会有诸侯国来救您了！"幽王根本不听，下令点起烽火，敲响大鼓。只听鼓声震天，火光照得像白天一样。京城附近的诸侯国看见烽火，以为京城有危险，一个个点兵排阵，连夜赶来骊山。谁知到了骊山却听到歌舞演奏的声音，幽王正和褒姒喝酒作乐，让人告诉诸侯们："京城没什么事，有劳你们了，可以回去了。"诸侯们互相看看，一脸莫名其妙，只好带着部队回去了。褒姒在城楼上，看着这么多军队来来去去，被耍得团团转，不知不觉就拍起手笑了。幽王看见，也高兴得哈哈大笑。

　　这就是著名的烽火戏诸侯的故事。幽王博得了美人一笑，却因此失去了国家。后来西戎国真的入侵，幽王点起烽火，却没有一个诸侯国派兵来支援，西戎打进了京城，幽王惨死在大刀下。几个诸侯事后知道，才派兵到京城赶走了西戎。后来，幽王的儿子即位，做了周平王。平王担心西戎再来侵犯，就把都城迁到了洛阳。因为原来的都城镐京在西面，洛阳在东面，所以前面叫作西周，从平王起，东周的历史就开始了。

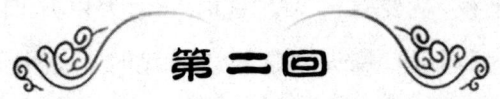

第二回
郑庄公杀弟平乱
挖地道母子相见

上回说到周幽王为博褒姒一笑，最后付出了生命的代价，他的儿子在几个诸侯国的帮助下即位做了平王。在这几个诸侯国中，最大的功臣要数郑国。这一回就来讲讲郑国的故事。

当时在位的是郑武公，王后叫姜氏。姜氏生了两个儿子，老大叫寤生，老二叫段。要说老大为什么叫寤生？原来这老大是姜氏在睡觉时不知不觉生下来的，寤就是睡觉的意思，所以取了这个名字。姜氏觉得这样生孩子很不吉利，所以一开始就不喜欢老大。等到老二段出生，长得很好看，渐渐长大，一表人才，又练得一身好武艺。姜氏因此偏心于老二，几次三番劝郑武公立老二为太子。但郑武公说祖宗规矩是要立长子，何况寤生也很有才能。于是立寤生为太子，却只把一个很小的共城封给了段。不久武公死了，寤生即位做了郑庄公。

姜氏想给段多争一些权力，对庄公说："你继承了王位，拥有整个国家，你弟弟却委屈在一个小地方，你怎么忍心？你应该把制邑这个地方封给他。"庄公说："制邑很险要，父王曾经下令不许分封。除了这个地方，哪里都行。"姜氏说："那就把荥阳京城封给他。"当时郑国的都城在新郑，荥阳京城是除了新郑以外最重要的一个地方了。庄公没有办法，只好同意。第二天段来见姜氏，姜氏私下对段说："你到了京城就招兵买马，积蓄力量，我在这给你做内应，一旦有机会，你就来夺取王位。"于是段到了京城，独揽财政军事大权，根本不听郑庄公的命令。

公子吕对庄公说："段图谋不轨，对您有威胁，您早点把他铲除了吧。"庄公说："现在不是时候，段的恶行还没有全部表现出来，有姜氏护着他，我能把他怎么样呢？"公子吕说："您再犹豫不决，恐怕就要失去国家了！当断不断，反受其乱。"庄公说："我早就打算好了。我知道段图谋不轨，但是现在没有证据，要是杀了他，我母亲一定会怨我，我就背上一个不孝的罪名。所以我先不管段，让他肆无忌惮，无法无天，等到他真的造反那一天我再杀了他，就是名正言顺，我母亲也不能说什么了。"公子吕说："您真是有远见。不过我怕养虎为患，我们必须想一个计策，引诱他马上起来造反，好尽快铲除他。"庄公说："你有什么计策？"公子吕说："您就说这几天要去觐见周王，段知道了一定会趁机来夺取都城，我带部队预先在京城附近埋伏，等他一出城我就打进去，先把他的京城占领。您再带领部队杀过来，他被我们前后包围，就是长了翅膀也飞不出去。"

第二天早朝，庄公就假传命令，说自己要去觐见周王。姜氏知道了，马上写了一封密信派人送给段。公子吕早就让人埋伏在半路上杀了信差,把信交给庄公。庄公看过信,重新封好,派了一个人假装信差去见段。段写了一封回信,与姜氏约好日期和暗号,举旗造反。却不知这信最后送到了庄公手中。

到了举旗这一天,一切都像公子吕设计的那样,段非但没有打进都城,反而丢了自己的京城。他的队伍人心不稳,兵将跑了大半,最后只好逃到自己原来分封的小地方共城。庄公很快追来,破了共城,段很后悔,觉得没有面目见自己的哥哥,自杀了。庄公看见段的尸体也很悲伤,大哭了一场。然后让人把段和姜氏的通信作为证据一起送给姜氏,把姜氏赶出都城,流放到颍这个地方去,又发誓说:"我们母子俩不到黄泉不见面!"但毕竟是母子,过了不久庄公就后悔了,想把姜氏接回都城,但是身为一国之君又不能不守诺言,真是左右为难。

再说有一个叫颍考叔的人,为人很正直,又很孝顺。他知道了郑庄公把姜氏赶到颍地这件事,就抓了几个猫头鹰,借口献野味来见庄公。庄公问:"这是什么鸟?"颍考叔说:"这是猫头鹰,白天什么也看不见,晚上视力却很好。小时候全靠母亲喂养,长大了却反过来把母亲吃了。这是不孝的鸟,所以我抓来吃。"庄公一时说不出话来,正好有人送羊肉来,庄公赐给颍考叔一块。颍考叔专挑一些好肉,用纸包好,藏进衣袖里。庄公很奇怪,问他为什么这样做。颍考叔说:"我家里有老母亲,我们很穷,所以平常我只能打些野味给她吃,从来没吃过这么好的肉。今天您赐给我肉吃,但我母亲还没吃过，我一想到这个，就吃不下去，所以想把这肉带回去给我母亲吃。"庄公说："你真是一个孝子啊！"然后长叹一声说："你有母亲可以尽孝，我贵为一国之君，在这一点上却不如你。我已经发了誓，不到黄泉不跟我母亲相见。"颍考叔说："姜夫人现在只有您一个儿子，你要是不奉养她，跟猫头鹰有什么两样！如果只是因为那个黄泉相见的誓言，我倒是有一个计策，可以破解它。您只要挖土掘地，直到挖出泉水，然后在泉水边盖一个房子，先把姜夫人接过去，您再过去与她相见，这不就是在黄泉见面了吗？"庄公非常高兴，依计行事，等到见了姜氏，庄公跪地大哭道："寤生不孝！请母亲恕罪！"姜氏赶忙把他扶起，也哭着说："都是我的错，与你无关。"于是母子两个抱头痛哭。

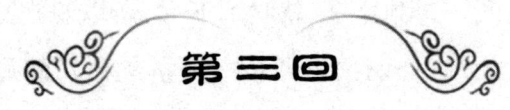

第二回
管仲射钩遇明主
齐桓释怨得能臣

话说周平王迁都开启了东周,也就是春秋和战国时代。这个时候周天子的力量很弱小,真正主宰着历史的是各个诸侯国,其中最强大的就是"春秋五霸"和"战国七雄"。春秋时代,第一个称霸的是齐桓公,这一回要讲的就是齐桓公和他的宰相管仲的故事。

管仲名叫夷吾,仲是他的字。他不仅身材魁梧,相貌堂堂,而且博学多才,上通天文,下知地理,满肚子治理国家的谋略。有一个叫鲍叔牙的人,和管仲一起经商,赚来的钱管仲总是多分一倍。鲍叔牙的随从心怀不满,但鲍叔牙却说:"管仲不是贪这点钱,只因为他家太穷,我才自愿让给他的。"管仲带兵出战,每次打仗时他就躲到队伍后面,而班兵回朝的时候他倒冲在前面了,因此很多人笑他胆小。鲍叔牙却说:"管仲上有老母,他保护自己是为了奉养老人,哪里是真的胆小呢?"管仲常与鲍叔牙谋划事情,但结果总是失败,鲍叔牙说:"人总是有怀才不遇的时候,等管仲的机遇到了,他的神机妙算就一次也不会失误了。"管仲听说了这些事情,感叹道:"生我养我的是父母,而真正了解我的是鲍叔牙!"于是两人结为生死之交。

这个时候,齐襄公的几个儿子都长大成人了。大公子叫纠,是鲁国嫁来的妃子所生,二公子叫小白,是莒国嫁来的妃子所生。齐襄公想找师傅教导他们。管仲对鲍叔牙说:"国君有两个儿子,将来继承王位的不是纠就是小白。我和你各当一个公子的师傅,有朝一日不管谁当上国君,我们都互相举荐对方。"鲍叔牙同意了。于是管仲和另一个叫召忽的人当了公子纠的师傅,鲍叔牙当了公子小白的师傅。齐襄公荒淫无道,鲍叔牙预测齐国必有大祸,于是劝谏小白先到邻近的小国莒国躲躲,将来看准机会回国争夺王位。果然小白走后不久,公孙无知篡夺了齐襄公的王位。这时管仲和召忽也带着公子纠逃到了他母亲的娘家鲁国。

两位公子走后,齐国的大臣雍廪和高傒设计杀死了公孙无知和他的党羽,然后派人去鲁国迎回公子纠继承王位。鲁庄公听说此事非常高兴,亲自率军护送公子纠返回齐国。管仲对鲁庄公说:"公子小白在莒国,莒国比我们这里离齐国近,如果小白先赶回齐国,就会先继承王位了。我请求快马加鞭先去打探一下。"

再说公子小白听说齐国内乱,马上向莒国借了兵车向齐国进发。管仲日夜兼程,终于追上了小白的车队。管仲来到小白车前,先鞠一躬,说道:"公子别来无恙,现在这是去哪呀?"小白说:"给我父亲奔丧去。"管仲说:"公子纠是长子,理应他主持丧事,请您在这里稍等等,不劳您大驾。"鲍叔牙上前说:"管仲你退下,我们各为其主,你不必再多说了!"管仲看到莒国的兵士都怒目圆睁，担心自己寡不敌众，便假装后退，谁知突然弯弓搭箭，瞄准小白，飕地射出一箭。小白大叫一声，口吐鲜血，倒在了车上。鲍叔牙急忙来救，众人大叫："不好了！"乱成一片。管仲趁乱逃脱，飞奔而去，心中暗自庆幸："公子纠有福，命里注定要做国君！"回去后报告鲁庄公，与公子纠喝起了庆功酒。于是他们放下心来，减慢脚步，高高兴兴向齐国进发。但是人算不如天算，管仲哪里想得到，他那一箭只射中了小白衣带的挂钩。小白知道管仲是神射手，怕他再射一箭，急中生智咬破舌尖，喷出一口血假装倒下。这一招将计就计连鲍叔牙都给瞒过了。鲍叔牙怕管仲再回来，让小白乔装打扮，快马加鞭向齐国奔去。到了齐国都城临淄，鲍叔牙自己先进城，四处游说齐国大臣，称赞小白贤明有德。大臣们被说服了，于是小白进城，做了齐桓公。

鲍叔牙派人前去迎接鲁庄公，告诉他齐国已经有了国君。鲁庄公得知，大怒，准备讨伐齐国。鲍叔牙派遣几路大军前去阻挡鲁军，鲁军大败，损兵折将，管仲和召忽拼死保护鲁庄公和公子纠逃回了鲁国。

再说齐桓公，听从了鲍叔牙的建议，出军压到鲁国边境。鲍叔牙派使者给鲁庄公送信，逼鲁国杀死公子纠，再把管仲和召忽遣送回齐国受刑。使者出发之前，鲍叔牙再三嘱咐道："管仲是天下奇才，我已经说服国君，将来重用管仲，所以你一定要保住管仲的性命。"使者答道："要是鲁国要杀管仲，那该怎么办？"鲍叔牙说："你只要提起管仲射衣带钩那件事就行了。"

使者来到鲁国，庄公看到书信，马上召来谋士施伯商议。施伯说："小白刚刚打败了我国，现在又大兵压境，我们不是他的对手，不如杀了公子纠，跟齐国讲和。"于是庄公派兵杀死公子纠，抓住了管仲和召忽。当他们被押上囚车的时候，召忽仰天哭嚎道："儿子为父母死叫作孝，臣子为君主死叫作忠，这是应该做的事！我应该到地下去追随公子纠，怎么能做俘虏，受这份屈辱呢？"于是用头撞向宫殿的柱子牺牲了。管仲感叹道："自古以来做君主的，需要能为他牺牲的臣子，也需要能为他活着的臣子。我暂且忍辱偷生，到了齐国为公子纠申冤。"于是被推上囚车。施伯对鲁庄公说："我看齐国一定有管仲的内援，管仲到了齐国一定不会死。这个人是天下奇才，将来一定被齐国重用，辅佐齐桓公称霸天下。他不能为我国所用，不如杀了他以绝后患，把他的尸体送回齐国就行了。"庄公说："好！"齐国的使者听说鲁庄公要杀管仲，赶忙跑过来，面见鲁庄公说："管仲曾经射中我们国君的衣带钩，国君对他恨之入骨，只有亲手杀死他才觉得痛快。如果只得到一具尸体，就跟没杀他一样。"鲁庄公果然中计，相信了他的话，把管仲交给他，还用盒子装了召忽的人头一并送回齐国。

管仲在囚车中，已经猜到鲍叔牙的计谋了，但是他又想："施伯是个聪明人，等他想明白自己被骗了，一定会来追赶。到时候我的小命就不保了。"想着，心生一计，马上做成一首《黄鹄》歌，教给押送囚车的兵役们唱。兵役们边唱边走，因为歌声欢快悦耳，让人忘记了疲倦，因此越走越快。原本两日的路程，一天就走完了。鲁庄公果然后悔，派人来追，但终于没能赶上只好回去了。管仲仰天长叹道："我管仲今天死里逃生了！"囚车赶到堂阜这个地方，鲍叔牙早已等在那里，见了管仲真是如获至宝。鲍叔牙说："你没出什么事，真是太幸运了！"管仲说："要不是你的计谋，我早就没命了。"鲍叔牙说："你回来就好了，我这就去向国君举荐你。"管仲说："我和召忽共同辅佐公子纠，我既没能帮他当上国君，又没能以死效忠于他，我作为臣子的气节已经丢掉了，又怎么能反过来投靠他的仇人呢？如果召忽知道，一定会在九泉之下嘲笑我的！"鲍叔牙说："成就大事的人，不应该计较小事的得失荣辱。你有治理天下的大才，只是没有机遇罢了。我们国君志向远大，如果能得到你的辅佐，将来一定能称霸天下，到时候你也能扬名立万。你为区区一个公子纠坚守气节又怎能与此功成名就相比！"管仲不答话，心中已经默许。鲍叔牙马上赶回临淄见齐桓公，先是哀悼公子纠之死，更重要的是贺喜齐桓公将得到一个天下奇才——管仲。桓公说："管仲，就是那个射中我衣带钩的人吧！那支箭我还留着呢。一想到这个我就心痛，恨不得吃他的肉！我怎么会反过来重用他呢！"鲍叔牙说："做臣子的各为其主，管仲射您的时候，心里只有公子纠而没有您。您如果能用他，将来他会为您射得整个天下，又何止一个人的衣带钩！"桓公想了想说："我暂且听你的，先不杀他。"鲍叔牙于是把管仲迎接到他家中，两人日夜畅谈。

齐桓公新得了王位，对大臣们论功行赏，想封鲍叔牙为宰相，委以重任。鲍叔牙说："臣感激不尽。但是治理国家的重任，臣难以担当。治理国家，对内要使百姓安居乐业，对外要搞好与四方诸侯国的关系，以至辅佐君主成就霸业，统一天下，千秋万代，名垂不朽。"桓公被这番话说得心头一动，不由自主凑上前问道："当今世上，有谁能辅佐我成就这番功业？"鲍叔牙说："这样的人非管仲莫属！他的才能远远胜过我，胜过当今所有的谋士。"桓公说："你把他找过来，我要亲自试试他的才能。"鲍叔牙说："管仲不是平常人，您要是诚心想用他，就不能轻视怠慢他，必须像对待父亲和兄长那样尊重他。您应该挑选一个吉日，亲自到郊外去迎接他入朝。这样一来，不但管仲能真心效命于您，而且天下人听说您礼贤下士，宽宏大量不计私仇，谁不想来齐国为您所用呢？"桓公大喜道："我听你的！"于是占卜吉日，桓公沐浴更衣，亲自到郊外迎接管仲，更让管仲跟自己坐同一辆车入朝来。一路上围观的人聚成了城墙，百姓们看到齐桓公如此厚待管仲无不惊讶赞叹。

管仲进入朝堂，马上叩头谢罪。桓公亲手把他扶起并赐座。管仲说："我本是俘虏，承蒙您免我一死，已经是万幸了，又怎敢让您屈尊降驾，如此礼待我这个罪人！"桓公说："我有难题请教您，必须先请您坐下，我才敢说。"管仲只好再三叩头，然后坐下了。桓公说："齐国原本就是大国，我现在刚当上国君，想成就一番大业，应该怎样做？"管仲听说，便滔滔不绝讲起了治国之道，从礼仪纲常到政治、经济、军事、外交等等方面，为齐桓公描绘了一幅富国强兵、称霸天下的宏图。

齐桓公大喜，连连叫好。从此以后，齐桓公重用管仲，封他为宰相，尊称他为"仲父"，以国礼相待。并下令说："不管国家的大事小情，先禀告仲父，再禀告我。一切政策法令，全听仲父决策。"甚至禁止齐国人说"夷吾"两个字，不许冒犯管仲的名，只能叫他的字"仲"，可见管仲在齐国的尊荣。事实上，管仲也配得起这样的荣耀，在他的辅佐下，齐桓公日后成为春秋时代第一个称霸的诸侯。

第四回

齐桓公称霸诸侯
晏蛾儿为君殉节

上回说到，管仲做了齐国宰相，齐桓公非常信任他，把一切军政大权都交给他做主。过了几年，齐国国力强盛，百姓安居乐业。一天桓公问管仲："这些年你辅佐我，齐国现在已经很强大了，我想召集诸侯国会盟当上霸主，你看怎么样？"管仲说："当今天下，比齐国强大的诸侯国有很多，南面有楚国，西面有秦国和晋国，但是他们都仗着自己强大而不把周王放在眼里。周王朝虽然衰弱，但名义上它是天下诸侯共同的主人。您要想称霸诸侯，必须尊奉周天子，借着他的名义才能号令天下。"于是齐桓公派使者去见周王，说要尊奉周王的命令召集诸侯国会盟，共同拥戴周天子。周王见齐桓公很尊重自己，非常高兴，便下令说会盟诸侯的事全由齐桓公做主。于是齐桓公以周王的命令布告诸侯国，约定不久在北杏这个地方举行盟会。到了约定的日期，宋、陈、邾、蔡，加上齐国，这五国结成了联盟，推举齐桓公做了盟主。《论语》中说齐桓公有九次会盟诸侯，这是第一次。不久，齐桓公又与诸侯在幽这个地方会盟，这次参加的诸侯国更多了，有宋、鲁、陈、卫、郑、许等国，这个时候，可以说中原各国都归心于齐国了。

但是与此同时，南方的楚国也很强大，楚成王任用令尹子文治理国家，也有向中原争霸的意图。子文对成王说："郑国地处南北之间，就像中原的屏障一样。您要想进军中原，就得先打下郑国。"于是成王派大军去攻打郑国。

郑国得知楚军来犯，马上向齐国求援。管仲对齐桓公说："您这些年来经营霸业，这次如果能集合诸侯国的力量，共同对抗敌人，正是显示您霸主地位的时候。要想救郑国，不如直接去讨伐楚国，而要讨伐楚国，必须集合诸侯国的兵力。"齐桓公于是召集宋、鲁、陈、卫、郑、曹、许等国，共同讨伐楚国。很快，八国大军抵达楚国边界。

楚成王得知齐桓公率领八国大军前来，难免担忧，子文建议不能轻易跟他们交战，只好派使者前去求和，于是派屈完去见齐桓公。屈完到了八国大军营中，一番讲和之后，便代表楚王跟齐桓公在召陵这个地方举行盟会，双方约定齐国退兵，楚国从此臣服于中原，向周天子进贡。在这次盟会上，齐桓公在屈完面前大肆炫耀中原八国强盛的兵力和威风，显示了霸主的气魄。

过了不久，周惠王死了，周襄王即位，齐桓公又以共同拥戴新君的名义召集诸侯国会盟，就是著名的葵丘会盟。至此，齐桓公的霸业达到了鼎盛。但是，月满则亏，水满则溢，齐桓公此时难免有了骄傲自满之情，他的霸业到了顶点，自然也就开始走下坡路了。

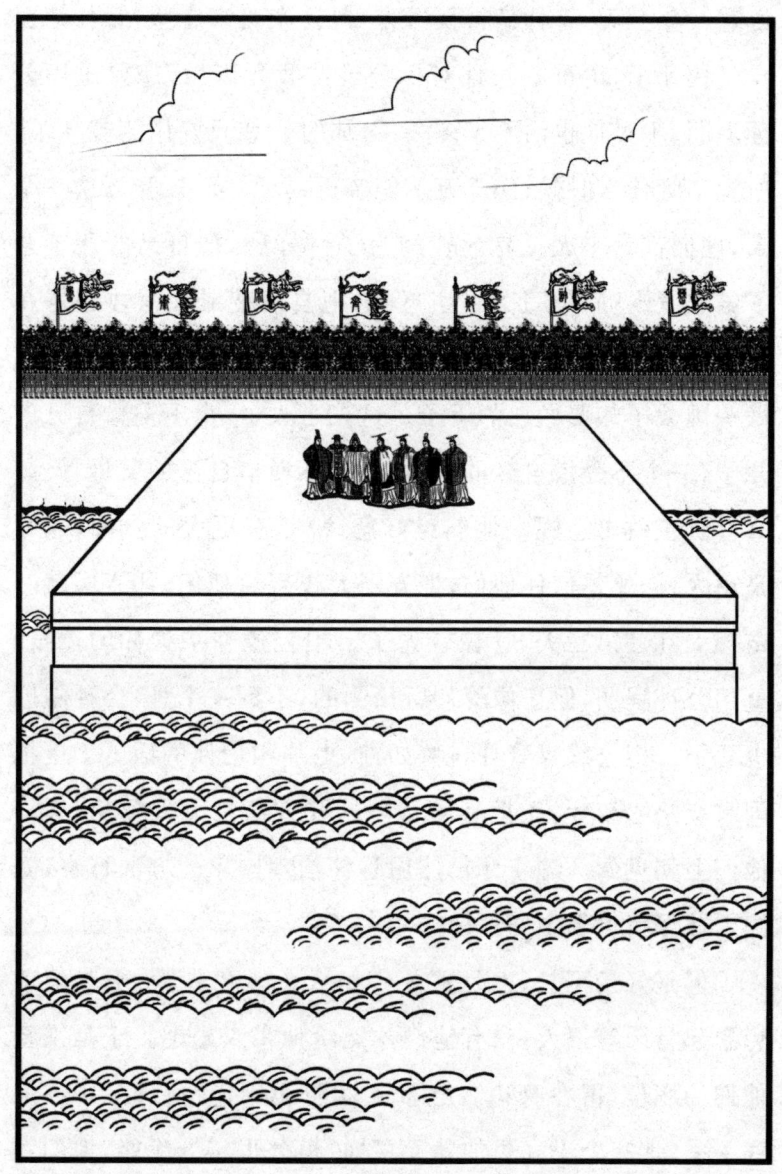

葵丘会盟,齐桓公称霸

　　齐桓公之所以能称霸,他的宰相管仲是最大的功臣。话说这一年冬天,管仲病得很厉害,桓公亲自来看望,管仲知道自己快死了,语重心长地对桓公说:"我死以后,您要重用公孙隰朋,不过他也活不了多久了,那时候您只好用鲍叔牙了,但是不管什么时候,您千万不能亲近易牙、竖刁、开方这三个人,他们都是小人。易牙曾经为了讨好您,把自己的儿子杀了给您煮汤喝,竖刁为了亲近您,把自己变成太监才服侍在您左右的,开方本是卫国公子,却远离父母来到齐国,宁愿不做一国太子却要做您的臣子。这三个人,一个不爱惜自己的儿子,一个不爱惜自己的身体,一个不爱惜自己的父母,又怎么会真正效忠您呢? 他们讨好您,都是有更大的贪图,这就是小人,您要是信任他们,把齐国大权交给他们,那齐国就一定会大乱。"第二天,管仲就死了。桓公遵守了管仲的遗言,重用公孙隰朋,但正像管仲所预测的,不到一个月,公孙隰朋也死了。桓公感叹管仲料事如神,更加相信他的话。于是把国政交给鲍叔牙,还把易牙、竖刁、开方这三个人罢免,不许他们上朝见驾。鲍叔牙仍然用管仲治理国家的方法行事,齐国因此保持着霸主的地位。

　　但是好景不长,也是桓公年纪大了难免糊涂,不久他就想念起易牙等三人,只有他们才能给他带来乐趣。于是恢复他们的职位,留在身边。鲍叔牙劝阻无用,活活气死了。这样一来,那三个小人更加肆无忌惮,桓公也年老无能,他们就把持了朝政大权。正是顺三人者富贵,逆三人者必死。

　　再说桓公儿子众多,个个想争当太子。管仲在时曾与桓公商议，立比较贤明的公子昭为太子，并与宋襄公通好，将来帮助昭继承王位。又有公子无亏，本为长子，却让弟弟抢了太子之位，心中很不服气，于是便与竖刁等人勾结，想借助他们的力量成事。

桓公长时间病重，竖刁等人商议出一条计策，把桓公幽禁在皇宫中，假传圣旨说桓公养病，任何人等一概不见。命人把守宫门，只让公子无亏一人出入。过了三天，桓公还没有死，竖刁等人把伺候桓公的所有宫女、太监全部赶出宫去，又在寝室外面筑起三丈高墙，把桓公一人隔绝在内，只在墙下挖出一个小洞，让一个小太监早晚爬进去，看看桓公死了没有。

可怜桓公躺在床上，已经起不来了，叫了几声也没人答应，只能瞪眼发呆。忽然听见"扑通"一声，有人从高处跳下，一会儿从窗户爬了进来。桓公睁眼一看，原来是他的贱妾晏蛾儿。桓公说："我很饿，给我拿点粥来。"晏蛾儿说："这里找不到粥了。"桓公说："有点热水喝也行啊。"晏蛾儿说："连水也没有。"便把竖刁等人假传圣旨、筑墙幽禁桓公等事一一说明，桓公大悲，问道："你是怎么进来的？"晏蛾儿说："我曾经受到您宠幸，服侍过您一次，虽然只是一日为妾，但终生不敢忘您的恩德。所以我不顾性命跳墙进来，想守在您身边直到您死。"桓公叹道："管仲真是圣人啊！我不听他的话，才有今天的下场啊！"便鼓足力气大声喊道："这是天意吗？我小白就这么死了吗？"喊了几声，连连吐血。又对晏蛾儿说："我有六个爱妃，十几个儿子，现在没有一个在我眼前，就只有你自已为我送终，真后悔我平日里没有好好宠幸你。"晏蛾儿说："您保重，万一有什么不幸，我愿意跟您一起死。"桓公又悲叹道："我死后有什么面目到地下去见管仲啊！"于是连哭几声，气绝身亡。晏蛾儿见桓公已死，大哭了一场，然后脱下衣服盖住桓公的尸体，向床下磕头说道："主公您且慢走，贱妾追随您来了！"说着，以头撞柱，头裂而死。

桓公真是死不瞑目，更可悲的是，众公子争夺王位，齐国一团混乱，桓公死了六十七天才有人收尸。那桓公的尸体早已腐烂，爬满虫蚁。但奇怪的是，晏蛾儿却脸色鲜艳，身体完好，像活人一样。众人感叹："真是一个节女烈妇啊！"

齐桓公一世英名，称霸诸侯，最后落得如此下场，真是可悲可叹。后来公子昭投奔宋国，宋襄公帮助他平定内乱，公子昭即位，做了齐孝公。虽然齐国根基很大，但从此，它再也不能称霸了。

第五回
五张羊皮赎百里
七十拜相不服老

春秋时代，是大鱼吃小鱼的时代，霸主一个接着一个。各个诸侯想要称霸，最关键的是要有谋士才人辅佐，就像齐桓公不计私仇，重用管仲那样。这一回要说的是另一个霸主秦穆公用五张羊皮赎回百里奚的故事。

百里奚原是虞国人，字井伯。三十多岁的时候娶杜氏为妻，生有一子。百里奚家道贫寒，想出去闯荡又担心妻儿无依无靠。难得杜氏深明大义，对百里奚说："大丈夫志在四方！你出去闯天下吧！不用担心我们，只是将来你飞黄腾达的那一天，不要忘了我们母子两个。"于是百里奚离开家闯荡四方去了。谁知直到他四十多岁，仍然默默无闻，穷困潦倒。这一年，他沿街乞讨到了铚这个地方。当地有一人名叫蹇叔，慧眼识英才，看出百里奚其貌不凡，定不是一个乞丐。于是请百里奚到他家中，一番畅谈，果然发现百里奚雄才伟略，不是平庸之辈。于是两人结拜为兄弟。蹇叔家也很穷，所以百里奚留在村中靠养牛维生。但是百里奚仍然想着出外闯荡，他听说大周有一个王子喜欢牛，为他养牛的人都高官厚禄，于是百里奚拜别蹇叔前往大周。果然，王子很欣赏百里

23

奚的养牛术,对他十分恩宠。不久,蹇叔来看百里奚,见过王子后,蹇叔对百里奚说:"这个王子志大才疏,而且他身边都是巴结奉承的小人,我预感不久他将有大难,我们应尽早离开这里。"这时百里奚也想念他久别的妻子和儿子,于是和蹇叔一起回他的老家虞国去了。谁知杜氏母子早已因贫困无依流落他乡了。幸好当时虞国的谋士宫之奇是蹇叔的故交好友,在他的引荐下百里奚得到了一官半职。蹇叔不愿做官,告辞而去。临行前告诉百里奚将来要找他,就去宋国的鸣鹿村。谁知不久,虞国就被晋国所灭,百里奚恨自己一次又一次的选择都不明智,到了现在,不能再做不忠之臣,于是誓死不投降,做了晋国的阶下囚。

话分两头,再说秦国一直是个大国,到了秦穆公的时候,已经有了很强的实力跟各诸侯国争霸了。秦穆公六年的时候,向晋献公求他的大女儿为妻,晋献公答应了,并把不愿意臣服于他的百里奚作为陪嫁的仆从一起嫁了出去。百里奚悲叹道:"我闯荡四方半辈子,就是遇不到明主,一身本领却无用武之地。如今已是垂垂老矣,却要做陪嫁,这跟给人做妾有何区别!真是奇耻大辱!"于是在半路上逃跑了。一直跑到楚国,又因为善于养牛而被楚王用为马夫,在南海养马。

秦穆公得知百里奚逃跑,向人询问,一个晋国人公孙枝说:"百里奚是个贤人,很有才能,只是怀才不遇罢了。我听说他现在在楚国养马。"穆公向来爱才,说:"我以重金求他,楚国能答应吗?"公孙枝说:"这样不行。楚王之所以让百里奚养马,就是不知道百里奚的才能,您以重金求他,岂不是告诉楚王他是一个难得的人才吗？楚王知道了，一定会重用他，又怎么会给您呢？我倒有一个主意，您就对楚国说，百里奚作为陪嫁的仆从逃跑了，我国要把他抓回来治罪。用贱价把他赎回来就是了。管仲当年从鲁国脱身，用的也是这样的法子啊！"穆公说："好！"于是派使者拿着五张羊皮去楚国，说要赎回百里奚这个罪人。楚王不敢得罪秦国，只好答应。百里奚将被押走的时候，众人哭着送行，都说他这一去一定要被杀头了。百里奚笑着说："我听说秦穆公有称王称霸的远大志向，怎会在意一个陪嫁的仆从？他之所以要我，定将重用我。我这一去就是大富大贵了，为什么要哭呢？"

到了秦国，穆公问："你今年多大年纪了？"百里奚答道："才七十岁。"穆公叹道："可惜太老了！"百里奚说："如果让我追飞鸟、抓猛兽，我的确是老了。但是让我纵论天下大事，为国君出谋划策，那我还年轻呢！当年姜子牙八十高龄，还能辅佐周文王平定天下。我今天遇见您，比起姜子牙见周文王，不还早十年吗？"穆公听他一说，知道他壮心未老，马上端坐，一本正经地向他请教："我秦国地处边疆荒野，与中原大地不通，我想在中原诸侯国之间争霸，怎样才能做到呢？"百里奚说："您既不把我当成俘虏，又不嫌我老迈昏庸，如此虚心下问，我一定尽我所能，知无不言。我秦国虽地处边疆，但山高水阔，地势险要，不与中原相通，却利于自我坚守。况且我国周围有许多蛮夷小国，可以利用他们的资源和人力，富我国之民，强我国之兵，积聚力量，将来出师中原，哪个国家可以抵挡！到时霸业可成！"穆公听说，激动得站了起来说：

"我有百里奚，就像齐国有管仲一样！"于是一连谈论三天三夜，封百里奚为丞相，委以重任。秦国人因百里奚是五张羊皮赎回来的，便亲切地叫他"五羖大夫"。

再说百里奚的妻子杜氏，自从百里奚走后，靠纺织维生，后来因为灾荒四处逃难，辗转流落到秦国，靠替人洗衣服过活。儿子也长大了，但整天打猎游玩，不知养家。母子二人艰苦度日。杜氏听说百里奚做了秦国丞相，但只听其名未见其人，所以不敢相认。于是先到丞相府做了洗衣妇，却也没有机会相见。一天，百里奚听乐工弹唱，杜氏对府中仆人说自己也会唱歌，请求在丞相面前唱一曲。百里奚听到歌声，诉说当年离别之情和富贵不相忘的诺言，先是一惊，然后夫妻抱在一起哭成一团。至此，夫妻、父子终于团聚。秦穆公听说，赏赐千斤粮食、一车金银珠宝，又封百里奚的儿子为大将军，真是名利双收，无限荣耀。

百里奚拜相后，又向秦穆公举荐蹇叔，穆公派使者前往宋国鸣鹿村请来了蹇叔。于是蹇叔为右丞相，百里奚为左丞相，共同辅佐秦穆公，秦国自此更加强盛。

第六回

妖妃毒计杀太子
晋国大乱频易主

当秦国渐渐强大的时候，当时的另一个大国晋国却陷入了一场几十年的内乱之中。

话从晋献公说起。晋献公即位的时候，已经有三个儿子，重耳、夷吾和申生。申生为太子。献公十五年，娶骊戎国的骊姬为妃。这骊姬长得十分妖艳，又诡计多端，博得献公的专宠，两年间就生下两个儿子，一个叫奚齐，一个叫卓子。因此献公更加宠幸骊姬。因为正室夫人已死，献公便把骊姬扶正，做了夫人。

骊姬一心想让自己的儿子奚齐做太子，将来继承王位，所以视重耳、夷吾和申生为眼中钉。但他们贵为公子，又不能随意处置他们，于是骊姬勾结献公的几个宠臣，让他们向献公进言，把重耳等人派到远离都城的边荒之地。申生去了曲沃，重耳去了蒲地，夷吾去了屈地。这样只剩下奚齐和卓子在献公的身边，骊姬日夜蛊惑献公，又几次三番巧施毒计，终于逼得申生背负叛逆之罪而自杀。又诬陷重耳、夷吾是申生同党,派兵追杀。

当这紧要关头,献公的一个谋士狐突对他的儿子狐偃说:"公子重耳肋骨连成一片,一个眼睛有两个瞳孔,相貌奇特,又很贤明,将来一定能成就大业。你马上赶去蒲地,跟你的哥哥狐毛一起帮助他逃跑,日后好好辅佐他。"狐偃当夜飞奔到蒲地,重耳才知事态严重,马上与狐氏兄弟商议,最终逃出重围,甩掉了追兵,一直跑到了翟国。

翟国国君先前梦见一条苍龙盘踞于都城之上,现在见到晋国公子来到,应了梦兆,很高兴地收留了重耳。重耳进城不久,城外几辆小车相继追来。来人在城下大叫:"我等不是追兵,而是晋国大臣,愿意追随公子。"重耳登城观望,原来是以赵衰为首的数十位谋臣将士。重耳大惊,问道:"你们都是当朝大臣,怎么跑到这里来了?"赵衰等人齐声说:"国君昏庸,宠信妖女,逼太子自杀,晋国早晚要大乱。我们向来知道公子您仁慈贤明,我们愿跟随您流亡。"翟国国君打开城门,众人进来,重耳大哭道:"诸位待我情同骨肉,我至死不忘。"其中一员武将上前道:"公子贤明,这些年治理蒲地有成,如今应聚集蒲地兵将杀回晋国都城,平息内乱,保卫国家,不比四处逃亡要好吗?"重耳不听,那武将咬牙切齿,双脚跺地喊道:"公子是害怕骊姬一党好像猛虎毒蝎吧!这怎么能成大事呢?"狐偃劝道:"公子不是畏惧那些小人,而是名不正言不顺,儿子怎么能讨伐父亲呢?"

比起追随重耳的能臣才士的强大阵容,公子夷吾这边就显得势单力薄了,只有两三个心腹保护着夷吾逃往梁国。这时晋国国内已乱成一片,献公猜疑所有公族亲属都是重耳、夷吾的党羽,全部把他们驱除出国,终于立了奚齐为太子。谁知不久,晋献公驾崩,临终时把年仅十一岁的奚齐托付给他最信任的大臣荀息。活该奚齐没有做王侯的命,还没正式继承王位,曾经当过申生师傅的里克跟几个大臣密谋把他给杀了。荀息觉得有负先王重托,本想撞柱自杀,骊姬及时把他拦住,鼓动他拥立奚齐的弟弟卓子。里克等人见势,干脆一不做二不休,又设计杀死卓子,荀息也惨死在杀手的刀下。骊姬见大势已去,知道里克等人一定不会放过她,投河自尽了。

妖妃和孽子终于被铲除,但国不可一日无君,里克等大臣商议着迎重耳回国继位,因为重耳在诸公子之中年纪最长,德行才能又最出色,是最好的人选。于是派使者前往翟国迎接重耳。重耳有所顾虑,他想现在晋国局势不稳,想争夺王位的人也很多,自己的势力又不强,如果现在回去反而可能被人谋害。于是对使者说:"我得罪了父王才逃出晋国,现在父王刚死,我作为儿子的应该守丧尽孝,怎么能趁乱谋取王位呢?"使者回报,里克等人无法,商议之下,只好去请公子夷吾回来。

话分两头,再说秦国,因与晋国相邻,对晋国国内的局势非常了解也很关心。秦穆公得知晋国无主,重耳、夷吾都流亡在外,便想帮助他们其中一人回国夺取王位,但又不知到底该扶持哪一个。这时候谋臣蹇叔说,应该先了解一下他们两个的为人,派使者假装到他们那里去吊晋献公的丧,借机试探一下他们的品行。于是派使者先到翟国见重耳,重耳只是按照吊丧的礼仪接待了使者,却没有趁机讨好秦国的意思。使者鼓动他说:"您应该趁机返回晋国继承王位,我们秦国会帮助您的。"重耳说:"很感谢秦国来吊丧。我现在只想为父亲守丧,别的事情都不想。"说完,趴在地上大哭。使者心想,重耳真是一个仁孝贤良的人。然后又赶去梁国见夷吾。吊丧刚刚结束,夷吾马上问道:"贵国除了来吊丧,还有什么指教我的吗?"使者就把鼓动重耳的话又说了一遍,夷吾听了,马上跪地磕头,连连道谢。心想:秦国要帮我,肯定也是有所图的,于是对使者说:"如果秦国能帮我夺取王位,事成之后,我愿意割晋国五座城池报答秦国。"使者本想谦让一下,夷吾马上又说:"我有黄金四十两,玉器六对,愿意献给您,只求您在秦穆公面前促成我的好事。"使者全部收下了。

使者回到秦国,把两位公子的表现一一告诉穆公,穆公说:"重耳的人品远远在夷吾之上,我要帮助重耳。"使者说:"您帮助晋国,是真心为晋国谋划,还是想自己扬名天下?"穆公问:"我当然想扬名天下,但这跟帮助晋国有什么关系?"使者说:"如果您真是为晋国谋划,就替他们选一位好国君,如果您想扬名天下,那么应该选那个不好的。同样是帮助晋国,但是好国君以后可能超过您,不好的国君就不会对我国产生威胁了。您说选哪个更有利呢?"穆公说:"你的话,让我茅塞顿开!"于是派人到梁国先把夷吾请来,再派遣部队仪仗护送夷吾回晋国,而这时晋国也派队伍前来迎接,夷吾终于进入晋国,即位为晋惠公。

晋国的许多大臣和百姓早就仰慕重耳的为人和才能了,现在迎来了夷吾做国君而不是重耳,大家都很失望。而事实证明,晋惠公只是一个品行恶劣、贪图小利的昏君罢了。他即位后,马上失信于秦,拒绝兑现割五座城池给秦国的诺言,惹怒了秦穆公。惠公又贪恋美色,强行霸占了他父亲献公的一个小妾,背上乱伦的恶名。除此之外,他还刚愎自用,只宠信几个心腹大臣,许多献公在位时的元老大臣对他越来越不满,秘密谋划把他赶出晋国,再迎重耳回来当国君。惠公得知,设计诛杀了十多个大臣,晋国的局势更加动荡了。

晋惠公的所作所为,惹得天怒人怨。他即位后,晋国连年粮食歉收,到第五年的时候终于发生了大灾荒,老百姓饿死不少。于是惠公向秦国借粮。因为五座城池的事,秦穆公对晋国很不满,本不想借粮,又有人劝他趁这个机会去攻打晋国,但有一个谋臣却说:"您不能乘人之危,何况受灾的是老百姓,您不能因为跟晋惠公有私仇而对那些无辜的百姓见死不救,这样做不是仁君所为。"穆公向来也很看重仁爱,于是派了浩大的船队从水路运了几万斤粮食送给晋国,晋国的老百姓都感恩戴德。天算不如人算,第二年,秦国也发生了大饥荒,穆公庆幸地对那个谋臣说:"幸好去年听了你的话去救晋国,不然今年怎么好意思向他们求救呢?"于是派使者去借粮。谁知晋惠公不仁不义,是个十足的守财奴,竟然不念秦国曾经多次帮助他的恩德,拒绝借粮。使者回复,秦穆公大怒,马上清点部队讨伐晋国,于是两国大战于龙门山下。这一战,打得十分惨烈,晋国大败,惠公被秦国大将活捉。幸亏秦穆公仁义,放了晋惠公,但有两个条件,一个是要晋国兑现割五座城池的诺言,另一个是要晋国的太子圉作人质留在秦国。晋惠公哪敢再说个不字,只能夹着尾巴灰溜溜地跑回晋国。真是奇耻大辱,自作自受。

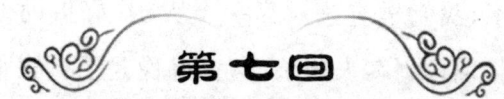

第七回

晋重耳周游列国
齐宋楚鼎力相助

上回说到晋惠公在龙门山被秦国活捉,受了一番屈辱侥幸回到晋国。这惠公,在秦国被囚禁三个月,最担心的就是重耳趁机回到晋国当上国君。所以他一回来就跟几个大臣密谋,派刺客去翟国刺杀重耳。

俗话说:"若要人不知,除非己莫为。"他们的密谋很快就被老臣狐突打探到了。这狐突不是别人,正是当年在生死关头派了自己的儿子狐偃、狐毛帮助重耳逃跑的那个人。他马上写了一封密信,派人连夜报告重耳。

这天重耳正跟翟国国君在山上打猎,忽然有人闯进猎场,交给二狐兄弟一封信。二狐看信大惊,慌忙禀告重耳:"晋国派人来刺杀您了,您快逃吧!"重耳说:"我的妻子儿女都在这里,这里就是我的家,你们要我逃到哪里?"原来自从晋献公诛杀重耳,重耳逃到翟国,不久就娶了翟国的美女季隗为妻,又生儿育女,到现在已经十二年了,难免有贪图安逸,不思进取之心,自然不想离开翟国。狐偃马上劝道:"您当年逃到这里,不是为了娶妻生子的,而是为了要当晋国国君的,只是我们实力不足,只好暂时留在这个小国。现在已

经很多年了，我们早应该投靠一个大国，好借助他们的力量
打回晋国。现在刺客来刺杀您，正好像是上天来催促您快快
启程。"重耳被说服了，回去与季隗道别，准备出逃。手下众
人正在预备车马行装，又有狐突的使者赶到，说刺客已经出
发，很快就到翟国了，让重耳马上逃跑，一刻也不要耽误。重
耳大惊，来不及穿戴整齐，就跟二狐徒步跑出城了。这边刚
准备好一辆马车，仆人追赶上重耳，让他上了车。赵衰等文
臣武将几十人，都来不及准备马车，一路步行追随其后。重
耳等人仓皇出逃，一点路费也没有，好像丧家狗一样狼狈。
那边刺客赶到，知道重耳逃跑，只好回去复命，晋惠公也没有
办法，就暂时把刺杀重耳的事放下了。

重耳君臣众人一路逃跑，到了卫国。卫文公不识英雄，
认为重耳只是个流亡的人，不放他进城。重耳等人只好绕道
而行。这时有人说："卫国太无礼了，他既然不仁，就别怪我
们不义，去抢劫他们城外的村庄，也好得些食物和盘缠。"重
耳说："那我们岂不成了强盗！我宁愿挨饿，也不做强盗！"就
这样，众人饿着肚子继续赶路。已经过了中午，众人到了一
个叫五鹿的地方，看见一伙农夫正在田地里吃饭。重耳叫狐
偃过去要点吃的。农夫问："你们从哪里来？"狐偃说："我们
是晋国人，车上是我们公子。我们赶了几天的路没有吃的，
想向你们要点。"农夫说："堂堂男子汉，不能靠劳动吃饭，反
而向我们要饭。我们是农民，吃饱了才有力气干活，哪有多
余的饭给你们？"狐偃说："不给饭也行，求你们给我一个碗
吧！"农夫随手捡起一个土块扔过去说："就用这土当碗吧！"

重耳听了非常生气,正想用鞭子抽打他们,狐偃马上制止道:"得一顿饭容易,得土地却很难。土地,是国家的根基,上天借村野农夫之手赐给公子土地,这正是得到国家的象征啊,您怎么能发火呢?您应该叩拜接受这些土块。"重耳按他说的做了。那些农夫不明白什么意思,哄堂大笑道:"这真是一个呆子!"于是重耳等人继续赶路。众人饥一顿饱一顿终于走到了齐国。

那时候齐桓公还在世,他早就听说重耳贤明,亲自到郊外去迎接他,大摆宴席款待重耳等人。重耳君臣从翟国逃跑时就打算到齐国来,借助齐桓公的力量复国。而齐桓公对重耳奉若上宾,又在王公贵族之家挑选了一个美女齐姜嫁给他。于是重耳安心在齐国住下,这一住就是七年。

这一年齐桓公惨死,孝公即位,诸侯国纷纷背叛齐国,齐国大乱,从此丧失了霸主的地位。赵衰见此形势,私下和几个大臣商议道:"齐国现在已经自身难保,齐孝公无能,根本不能帮助我们公子打回晋国。现在我们应该离开齐国,投靠别的大国去。"于是众人去见重耳。谁知重耳这七年宠爱齐姜,日夜寻欢作乐,别的事都不放在心上。众大臣等了十几天都见不到他。狐偃想出一条计策,但怕隔墙有耳泄露了机密,于是约赵衰等人一起出城,到了东门外几里一个叫桑阴的地方,这里到处都种着老桑树,重重树荫遮盖,非常隐蔽。狐偃对众人说:"让公子离开齐国,就看我们的了!我们商议好了,就回去把行李马车准备好,一旦公子出来,我们就说约他去郊外打猎,等他出了城,我们就一起劫持他上路。只是我们这一去,应该投奔哪个国家呢?"赵衰说:"你的计策很好。我们先去投奔宋国,如果不行,再去秦国或者楚国,这些都是大国,总有愿意帮助我们的。"众人又商议了一会儿才回去。

他们以为这么隐蔽的地方一定不会被人发现,谁知无巧不成书,当时齐姜的婢女十几个人正在这里采桑,看见有人来了便藏起来偷听,赵衰等人的计划全部被她们听见了。回宫以后一一禀告了齐姜。这齐姜是个深明大义的妇人,听了她们的话,马上训斥道:"哪有这样的事!不许你们再胡说八道!"于是把她们关进密室,到了半夜全部杀人灭口了。齐姜对重耳说:"您的大臣们要让您去别的国家,他们已经计划好了。我的几个婢女知道了这件事,我怕她们泄露机密,已经替您把她们杀了,您应该早做决定,尽快离开齐国。"重耳说:"我在这里过得很安乐,就想老死在齐国,哪儿也不想去!"齐姜说:"自从公子您流亡以来,晋国没有一天安宁。夷吾是个昏君,被秦国打败活捉了,老百姓都不拥戴他,这是上天赐给您的机会,您一定能得到晋国的!快走吧,不要再犹豫了!"重耳此时只贪恋安逸,就是不肯听齐姜的话。第二天一大早,赵衰、狐偃等人就来到宫门外,让人传话说请公子到郊外去打猎。重耳还没起床,就推说自己病了不能去。齐姜马上派人召狐偃进宫,把下人都打发走了,笑着对狐偃说:"你们这次来,不是为了请公子打猎的,而是要带公子去宋国,或者秦国、楚国吧!"狐偃大惊道:"只是打猎,怎么会跑去那么远!"齐姜说:"你们想劫持公子离开齐国,我已经知道你们的计划了,不用再瞒我了。昨天晚上我也曾苦劝公子,但他就是不肯走。我今晚要摆下酒宴,把公子灌醉,你们驾车,连夜把他送出齐国,这样做一定能成功!"狐偃磕头说:"夫人您愿意割舍夫妻欢爱,成全公子大业,您的贤德千古罕有!"狐偃出宫后,立刻派人准备车马行装。

到了晚上,齐姜在宫中设宴,假装愿意留下重耳,要跟他白头偕老,重耳大喜,一杯接着一杯,喝得酩酊大醉,倒在席子上。齐姜用被子把他包起来,派人召狐偃来。狐偃等人早已驾车埋伏在宫门边上,这时赶忙进宫,把重耳连着席子被子一起抬出宫去。齐姜流下泪来,真是忍痛割爱,生离死别。

狐偃、赵衰等人快马加鞭离开齐国,连夜疾驰,一口气跑出五六十里。直到公鸡报晓,重耳才在车上翻了一个身,叫人拿水喝。狐偃说:"您要水得等到天亮才有。"重耳觉得身子摇动得厉害,说:"扶我下床。"狐偃说:"这不是床,是车。"重耳问:"你是谁?"答道:"狐偃。"重耳一下子惊醒,知道自己被他们算计了,推开被子起身,大骂道:"你们怎么敢不事先告诉我就把我带出来了?你们想干什么?"狐偃说:"我们想把晋国献给公子您。"重耳说:"没有得到晋国,先失去齐国,我不想走!"狐偃说:"离开齐国已经一百多里了。齐国知道公子跑了,一定派兵来追,我们已经不能再回去了。"重耳大怒,夺过侍卫的刀就要来杀狐偃,被赵衰等人一起拦下,劝道:"我们这些人是看公子您有大志向,所以才抛家弃子,跟随您一起四处流亡,就是盼着跟您一起建功立业。如今晋惠公昏庸无道,您应该趁机打回晋国,要是您自己不去,谁会来请您呢?"一员武将大声说:"大丈夫当以功业为重,怎么能贪恋儿女私情,不思进取呢!"重耳听完,觉得很惭愧,严肃地说:"事到如今,我都听你们的了。"于是君臣众人继续赶路。

不久到了曹国,曹共公喜好游戏,不理朝政,因为听说重耳相貌奇特,想看看肋骨连成一片是什么样子,所以把重耳请进宾馆,随便让他们吃些东西,就让重耳去洗澡。重耳正想洗洗身上的尘土,于是脱衣进了浴盆。曹共公带着几个爱妃都穿着便服来到宾馆,忽然闯进浴室,凑到重耳身边看他的肋骨,几个人指指点点,互相说笑了好一会儿才走了。重耳非常生气,马上离开了曹国。

很快就到了宋国,宋襄公刚跟楚国大战受了箭伤不能见客,但是他早就听说重耳贤能,所以派大臣把他们迎入都城,并以接待国君的礼节热情地款待重耳。虽然宋国极力讨好重耳,但是狐偃等人知道,宋襄公已经自身难保,又怎么能帮助重耳,所以便劝重耳尽快离开宋国。于是君臣众人又上路了。启程的那天,宋襄公又赠送了很多的衣物、粮食和盘缠。重耳走后不久,宋襄公就死了,临终前嘱咐他的儿子说:"你就要继承王位了。要记住,楚国是我们的大仇人,世世代代不要跟他们通好。重耳一定会回到晋国当上国君,你以后就投靠晋国,这样可保我们宋国的子民平安。"

再说重耳离开宋国,不久到了郑国。郑文公不识英雄,认为重耳已经老了,不能再有所作为,所以紧闭城门,不让重耳进城。

重耳绕道而行,来到楚国。楚成王以国君之礼接待,重耳也谦让有礼,两人话语投机,很谈得来,于是重耳在楚国住下。这一天,两人到云梦泽打猎。楚成王卖弄武艺,连射一只鹿和一只兔子。这时一头熊冲过来,楚成王对重耳说:"公子你射吧。"重耳心中默默祈祷:"如果我能回到晋国当上国君,这一箭射过去,就射中它的右掌。"只听"飕"的一声,果然射穿右掌。楚成王十分佩服,称赞道:"公子真是神射手!"忽然有人来报告说:"山里跑出来一只怪兽,像熊又不是熊,长着大象的鼻子,狮子的头,老虎的爪子,豺狼的毛发,身子比马还大,皮像铁一样结实,刀枪不入。它吃铁像吃泥一样,我们的很多战车都被它咬坏了,它力大无穷,没人能制服它!"楚成王问重耳:"公子你是中原人,知识广博,你一定知道这是什么猛兽吧?"重耳回头看看赵衰,赵衰走上前来回答道:"我知道,这种野兽叫'貘',头和脚都很小,喜欢吃铜和铁,它的粪便可以把金属熔化成水,它的骨头很结实可以做锤子,用它的皮做褥子可以去除湿气。"楚成王又问:"那么怎样才能制服它?"赵衰说:"它全身都像铁一样坚硬,唯独鼻孔中有一个小孔,可以用锐器刺这个小孔,或者用火烧,它马上就死。"刚说完,重耳手下的一员猛将魏犨大声喊道:"我不用兵器,活捉这个猛兽,献给你们。"便跳下车,飞奔过去。

楚成王和重耳跟着过去观看。魏犨看见那猛兽,一顿拳打脚踢,看准机会一跳,跨在它的身上,两手紧紧抱住它的脖子。那猛兽拼命挣扎,渐渐没了力气,魏犨却还有余力,两手勒得更紧,终于把那猛兽活活勒死。魏犨跳下来,舒展一下胳膊,一手拎起它的鼻子,像拎只小狗一样,来向两位君王复命。楚成王惊叹道："真是虎将啊!"对重耳说："公子身边,文臣武将,个个都是能人,我们楚国比不上啊! 公子将来一定能当上晋国国君,到时候你将如何报答我?"重耳说："美女财宝您多得很,珍稀鸟兽又是楚国特产,您已经应有尽有了,我还能给您什么呢? 不过,在您的保佑下我真的当上晋国国君,我们晋国定当与楚国交好。如果有朝一日我迫不得已与您交战,我愿意为您退避三舍。"——古代战争,行军三十里一停,叫作一舍,三舍就是九十里。重耳的意思是,将来晋楚交战,晋军会先退兵九十里以让楚国。楚成王记住了这个诺言,只看重耳日后如何兑现。

话说重耳在楚国住得正好,忽然一天,秦穆公派使者来见楚成王,要接重耳去秦国。不知重耳如何打算,请听下回分解。

魏犨猎貘

第八回
秦怀嬴改嫁重耳
晋文公复国登位

上回说到,重耳在楚国安住,忽然有一天秦国派人来接他。原来事情是这样的:

当年晋秦大战龙门山之后,晋惠公就被迫把太子圉送到秦国做人质,到现在已经好几年了。这太子圉在秦国还算安好,这一年忽然出现了变故。原来太子圉的母亲是梁国人,梁国国君昏庸无道,百姓流离失所,秦穆公趁这个机会出兵灭了梁国。太子圉知道了,心里想:"秦国灭了我的外婆家,这是轻视我呀!"这个时候晋惠公病重,太子圉又想:"我孤身一个人在秦国,万一父王有什么不测,国内一定有变,我得马上回去。"于是和他的妻子怀嬴商量,让她一起逃回晋国。这怀嬴是秦穆公的女儿,才貌双全。一听丈夫要逃跑,哭着说:"你是一国太子,被囚禁在这里,要回去是应该的。我国国君把我嫁给你,就是想让你安心留在这里。要是我跟你一起跑了,岂不是背叛了我国国君?我不敢这样做。你要回国自己回吧,我不跟你走,也不会泄露你的事情。"于是太子圉一个人跑回了晋国。秦穆公知道了,非常生气,大骂太子圉背信弃义,开始后悔当初不帮助重耳而帮助了晋惠公夷吾父子。

于是四处打听重耳的下落,知道他在楚国,这才派人来接他。

楚王很通情达理,对重耳说:"楚国和晋国离得很远,你在这里以后回国很不方便。秦国和晋国是近邻,而且秦穆公很贤明,又跟晋惠公父子有仇,这正是上天赐给你的机会!你就去秦国吧。"重耳拜谢,楚王又赠送了许多财物,一路平安到了秦国。秦穆公亲自到郊外迎接,招待十分周到。秦穆公想跟重耳结下姻亲好笼络住他的心,于是要把怀嬴嫁给他。重耳知道怀嬴是太子圉的妻子,就是他的亲侄媳妇,娶了怀嬴不就是乱伦了吗?便想拒绝。这时赵衰说:"我听说怀嬴才貌双全,是秦穆公的爱女。您娶了她才能讨好秦穆公,将来他才能帮您。"重耳仍然犹豫不决,赵衰又说:"太子圉就要当上晋国国君了。您都要去夺取他的国家了,还在乎抢了他的妻子吗?要成就大事,就要不拘小节,否则您一定会后悔的。"重耳被说服了,娶了怀嬴,安心在秦国住下,只等待机会打回晋国。

再说太子圉回到晋国不久,晋惠公就死了,太子圉即位,做了晋怀公。他知道重耳在外面早晚是个祸患,因此想出一条离间计。他传令,凡是跟随重耳流亡的大臣限期三个月回到晋国,回来的可以官复原职,既往不咎,不回来的就当作叛臣定为死罪。并且,他们留在国内的亲戚们如果不积极主动招他们回来,就一起处以死刑。命令一下,怀公和谋臣商议,就先拿晋国的元老大臣狐突开刀。这狐突,正是那个让自己的两个儿子狐偃、狐毛帮助重耳逃亡的那个老臣。怀公把他召来,逼他写信给两个儿子,让他们背叛重耳回晋国来。狐突当着怀公的面写下："儿子没有两个父亲，臣子没有两个君王。"意思要他两个儿子忠于重耳。怀公大怒，把狐突斩首。狐家的仆人慌忙逃去秦国报告狐偃兄弟。二狐听说父亲被杀，痛哭流涕，和赵衰等人一起来见重耳。重耳说："你们不要太伤心，我一定会回到晋国，为你们报仇！"这时仆人报告，晋国有人来了要见重耳。重耳请那人进来，来人行礼说道："我是晋国大臣栾枝的儿子栾盾。因为晋怀公滥杀无辜，国内大乱，很多大臣都对他不满。所以我父亲派我来跟公子您共商大事，他已经和几个大臣秘密筹划，暗中聚集军队，只等公子您回到晋国，我们就做您的内应。"重耳大喜，跟栾盾定下盟约。

重耳知道这是上天赐给他的机会，于是决定马上出发。秦穆公不仅赠送他许多财物粮草，而且亲自率领文臣武将，统领四百辆兵车，为重耳送行。一直送到黄河渡口，船队已经准备好了。秦穆公设宴饯行，对重耳说："你回到晋国，不要忘了我啊！"于是命令手下大将带领一半军队护送重耳过河，自己则统领另一半大军在这边河岸安营扎寨，好做重耳的后援。重耳渡过黄河，很快就攻下了令狐城。晋怀公听说，马上派自己的两个心腹大臣，一个姓吕的，一个姓郤的，率领国内所有的军队，前去庐柳城阻挡重耳。重耳大军到了庐柳，吕、郤二人惧怕秦军，不敢出来应战，双方僵持多日。秦国一个谋士想出一条计策，假托秦穆公给吕、郤二人写了一封劝降信，派人送到晋军大营。吕、郤二人见信，商议之下决定投降，先向西北方向退兵，又跟重耳相见，歃血为盟，发

誓帮助重耳夺取王位。怀公知道这个消息,非常惊慌,知道
自己大难降临,只好先逃去高梁避难,但不久就被重耳派人
刺杀死了。

　　且不管怀公生死如何,这边吕、郤二人引着重耳大军往
晋国都城进发,那边以栾枝为首的几十个晋国大臣也都赶到
郊外迎接重耳。重耳就这样在万众拥戴下回到晋国,即位做
了晋文公。重耳从四十三岁逃到翟国,五十五岁到了齐国,
六十一岁又到楚国,直到现在当上晋国国君,已经六十二岁
了。真是历经千难万险,吃尽酸甜苦辣,终于修成正果。

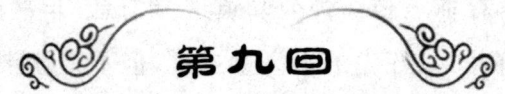

第九回
介子推割肉救主
晋文公焚山招隐

重耳之所以能当上国君，除了齐楚秦等大国鼎力相助之外，更离不开他手下那些文臣武将的辅佐，他们个个有勇有谋，忠心护主，都是大大的功臣。当年君臣众人渡黄河时，重耳就曾因为狐偃的激将法而立下誓言，将来大功告成之日，一定要重重赏赐这些大臣。事情是这样的：

自从重耳流亡以来，为他掌管行李的是一个叫壶叔的人。因为这一路周游列国，他们君臣吃了不少苦，挨饿的日子没少过，所以这个壶叔特别珍惜东西。这一天，秦穆公把重耳送到黄河边上将要渡河之时，壶叔把他们曾经用过的破衣破被，盆盆罐罐，还有没吃完的酒肉，拉拉杂杂一大堆东西全都搬上了船。重耳看见了大笑道："我马上就要进晋国当国君了，锦衣玉食应有尽有，留着这些破烂旧东西有什么用？"便叫壶叔把它们都扔上岸，一个也不留。狐偃心里想："公子还没有得到富贵，就先忘了贫贱，将来喜新厌旧，也会把我们这些共患难的老臣当成破布烂衫给抛弃了。"于是手捧秦穆公赠送的一对碧玉，跪献给重耳说："公子过了黄河就到晋国了，外有秦兵相助，内有大臣响应，一定会大功告成。

我只是一个没用的人,帮不了公子什么忙了,您就把我辞退了吧!我只有这一对碧玉,愿意献给公子,聊表心意。"重耳奇怪地问道:"我们马上就要同享富贵了,你怎么说这样的话?"狐偃说:"我跟随公子十九年,犯了不少错误,就像这些破了的瓦罐一样装不了东西了,像这些旧了的衣服一样配不上高贵的人了。您留着我还有什么用呢?不如现在就把我辞退了吧。"重耳听了非常惭愧,哭着说:"你说得很对,是我做错了。"于是让壶叔把那些旧东西重新搬上船,又对着黄河发誓说:"我重耳回到晋国,要是忘了狐偃这些大臣的功劳,就断子绝孙!"便拿过狐偃手中的碧玉扔进了黄河,说:"河神给我作证!"

所以晋文公即位后,马上履行当年的誓言,赏赐群臣。像赵衰、狐偃、狐毛、魏犨、栾枝等人,一一论功行赏。又额外赏赐狐偃五对碧玉,说:"当年我把你的玉扔进黄河,现在这些是回报你的。"然后又在城门上贴出诏令公告天下,说:如果谁有功当赏而被遗漏的,允许他自己来向国君请赏。于是又有很多人得到赏赐。

话说晋文公论功行赏,偏偏忘了一个最不该忘的人。要问这人是谁?他可算是重耳的救命恩人——介子推。当年晋惠公派人刺杀重耳,重耳从翟国逃跑,匆忙之间没带一点钱财和干粮。君臣几十个人一路逃亡,肚子饿了好几天。这一天黄昏时分,众人都饿得走不动了,靠在树下休息。大家都去挖野草吃,重耳又饿又困,可实在是咽不下草根树皮。这时忽然有人端着一碗肉汤送到重耳面前,重耳连忙喝下,味道十分甘美。一看送汤之人,原来是介子推。重耳问道:"这荒山野岭,你从哪弄到的肉?"介子推说:"是我大腿上的肉。我听说,孝子可以为父母死,忠臣应该为君王死。现在主公您没有吃的,所以我就割了自己大腿上的肉给您充饥。"重耳哭着说:"都是我把你们害苦了!我该怎么报答你呢?"介子推说:"我只求公子您早日回到晋国当上国君,又岂敢要您报答我!"真是肺腑之言,感人至深。如此说来,介子推不正是重耳的救命恩人吗?

只是这介子推生性耿直,不慕名利。当年渡黄河之时,他见狐偃对重耳用激将法,就觉得狐偃是居功邀赏,心中不免鄙视,不愿跟这种贪图富贵的人为伍,所以那时就想,等到辅佐重耳完成大业,自己就归隐山林,不问世事。果然重耳当上了晋文公后,介子推马上一身清贫回到家中,靠织鞋维生,奉养老母。他母亲也深明大义,很支持儿子。于是不久,介子推就背着母亲一起上了绵山,打算终生隐居在深山中。

再说介子推有一个邻居叫解张,看到介子推没得到封赏就想给他打抱不平,于是写了一首歌谣,专讲介子推割肉救重耳,守志上绵山的事。半夜里把这歌谣贴在了城门上。很快晋文公就听说了,觉得自己很对不起介子推,便召见解张问明了详情,让他带路上绵山寻找介子推。

晋文公亲自上了绵山,但见这山层峦叠嶂,幽深渺茫,要找一个人,真像大海捞针一样。军士们在周围的村庄打探,也没有消息,连着找了好几天,一点线索也没有。晋文公十分着急,又没有办法,忽然心生一计,对解张说:"我听说介子推很孝顺,如果我放火烧山,他一定会背着母亲逃出来。"于是命令军士们把山包围一圈,一起点火,烧上山去。这大火借着风势熊熊燃烧,烧了三天三夜,但是直到整个绵山被烧成了一片灰烬,介子推就是不出来。最后在山顶上一棵烧焦的柳树下,才找到了他们母子二人的尸体。晋文公痛哭流涕,非常悲伤,命人把他们埋葬在绵山脚下,建起一座庙专门供奉介子推。又公告天下:"把绵山改名介山,以便提醒我做了这样一件大错事。"

烧山这天正是清明节,晋国人爱慕介子推的高尚节操,因为他是被烧死的,所以在以后的清明前后三天都不烧火,吃冷饭,渐渐成为习俗,于是把清明前一天定为寒食节。寒食节是古代一个非常重要的节日,虽然我们今天已经不过这个节了,但关于寒食节和介子推的故事却永远流传着。

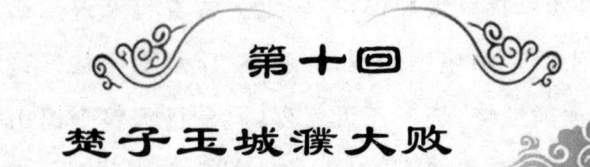

第十回
楚子玉城濮大败
晋文公践土称霸

话说重耳做了晋文公以后,励精图治,晋国越来越强大,显然有争霸诸侯之意。这时南方的楚国也很强盛,楚成王任用令尹子文,把楚国治理得民富兵强。

不过子文年纪越来越老了,就想向楚王推荐子玉做接班人。楚王让子文练兵,子文想趁这个机会让子玉显示一下才能,于是就故意不好好练兵,一天下来,没有责罚一个人。对楚王说:"我已经老了,不行了,不如让子玉练兵吧。"楚王同意了。子玉练兵纪律严明,赏罚得当,一天之内就鞭打了七个人,士兵们因此都不敢马虎,个个练得生龙活虎,很有精神。楚王大喜,封子玉为令尹,掌管军政大权。

这天晚上,大臣们都到子文家中,祝贺他举荐了贤才。只有一个人没来,就是蒍吕臣。众人正喝酒说笑,仆人报告门外有一个小孩求见,子文叫放他进来。那小孩进来以后,先鞠了一躬,什么也没说,就坐下开始吃肉喝酒。有人认出他是蒍吕臣的儿子,名叫蒍贾,十三岁。子文很奇怪,问他:"大家来了都向我道贺,你来了怎么什么也不说?"蒍贾说:"大家都祝贺你,我却为你难过。"子文很生气,问他为什么这样说,蒍贾说:"我看子玉这个人,非常鲁莽好斗,让他去打仗行,但是让他做三军统帅,恐怕就会坏事。你举荐了他而使整个国家遭难,我怎么能祝贺你呢!"大家都说:"这小孩胡说八道,不用听他的。"蒍贾大笑几声,出去了。

不久,楚王封子玉为大将军,带兵去讨伐宋国。宋国马上向晋国求救,晋文公听从了大臣的建议,先去攻打曹国和卫国,因为这两个小国都臣服于楚国,楚国一定会派兵来救援,这样也就救了宋国。很快,晋文公就攻下了曹、卫两国。楚王知道晋国军队如此神勇,非常担心,就派人去告诉子玉说:"晋文公历尽艰难才当上国君,虽然已经六十多岁了,但把晋国治理得很强盛。我们现在不是他的对手,先退兵吧。"子玉仗着自己的才能,将在外君命有所不受,派人回报楚王说:"我一定会拿下宋国,凯旋而回,如果遇到晋军,就拼死一战,一旦失败,甘愿军法处置。"楚王没有办法,只好又派人去告诉子玉,让他不要轻易跟晋国开战,争取讲和。

子玉手下有一个叫宛春的小将向子玉献计说:"晋国攻打曹、卫两国,都是为了宋国。您派一个使者到晋军大营,请求讲和,让晋军撤出曹、卫两国,允许他们复国,我们就不再攻打宋国了,这样皆大欢喜。"子玉说:"如果他们不同意怎么办?"宛春说:"如果他们不同意,不但曹、卫两国怨恨晋国,就连宋国也会怨恨他们,到时候,我们聚集三国的怨恨来对付一个晋国,胜算是很大的。"子玉很高兴,就派宛春去晋军。宛春向晋文公说明来意后,狐偃先让人把他带下去,然后对晋文公说:"这是子玉的诡计。如果我们听了,曹、卫、宋三国都没事了,功德就是楚国的了。如果我们不听,这三国就都会怨恨我们,到时候得利的还是楚国。我有一个计策,我们私下跟曹、卫两国达成协议,离间他们跟楚国的关系。再把宛春扣押下来,这样就会激怒子玉,子玉刚烈又急躁,马上就会过来打我们,这样宋国的围也解了。"晋文公同意了,先把宛春看押起来,又派人去曹、卫两国,让他们给子玉写信,说是已经归附了晋国。

子玉知道宛春被晋国抓起来,又收到曹、卫两国的信,果然非常生气,跳起来大骂:"重耳!你这个跑不断腿又饿不死的老贼!当初你逃到我们楚国的时候,就是我菜刀下的一块肉!你现在当上国君,就这样欺负我们楚国人!你抓了我的人,我现在就亲自去向你要回来!你离间曹、卫和我们楚国的关系,我这就跟你拼个你死我活!"于是下令军队从宋国撤退,去找晋文公开战。

晋文公见楚军来战,向大臣问计。狐偃说:"当年在楚国时,您曾经向楚王立下誓言,日后两军相遇,您愿意后退九十里。现在正是您兑现誓言的时候,不能马上应战,应该先退兵九十里。你是一国之君,不能失信于人。"于是传令,全军后退,一直退了九十里,到了城濮这个地方安营扎寨。子玉见晋军后退,就一路追赶,也到了城濮。

晋文公见楚军气盛,一时有些担心,晚上做了一个怪梦,梦见当年逃到楚国的时候,有一天跟楚王摔跤,力气不足,仰面倒在地上,楚王压在他身上,打破他的脑袋,吸他脑浆。醒来以后非常害怕,就告诉狐偃等人说:"我在梦里打不过楚王,还被他吸脑浆,这不是吉兆。"狐偃却马上向晋文公道喜说:"这是大吉的兆头!您一定会胜利的!"晋文公不明白,狐偃说:"您仰面倒在地上,就是得到上天的照应,楚王趴在您身上,就是伏地请罪。脑浆是柔软的东西,您把脑浆给楚王,就是要用柔和的手段使楚王臣服。这都是胜利的征兆!"晋文公听了这番解释,非常高兴,信心百倍,晋军各个将领和士兵们也都士气高昂,抱着必胜的信心跟楚军大打了一仗。

这一战,楚军惨败,子玉像丧家狗一样逃跑,晋文公念在当年楚国厚待他的恩情,放了他一条生路。子玉觉得很惭愧,就把自己囚禁起来,让他的儿子大心去见楚王,向他请罪。楚王一时愤怒说:"当时子玉立下军令状,现在失败了,按照军法就得杀头!"大心号哭着回去告诉子玉,子玉悲叹道:"就是楚王肯赦免我,我也没有脸面回去见父老兄弟!"于是拔出宝剑刎颈自杀。

再说晋文公,这次大获全胜,攻下曹、卫,救了宋国,更大败楚国,真是威名震天。回国的路上遇见周王的使者,说周王正赶来,准备亲自犒劳晋军。晋文公大喜,在践土这个地方安营扎寨,跟使者约好日期,送走使者后,便派人兴建盟会的祭坛和临时宫殿。又向四方诸侯国发出号令,约他们来跟周王一起会盟。到了日期,周王驾临,宋、齐、郑、鲁等国也都来赴约。周王封晋文公为盟主,晋文公奔走半生,历尽苦难,终于称霸诸侯。

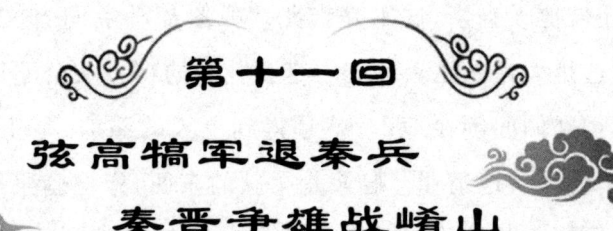

第十一回

弦高犒军退秦兵
秦晋争雄战崤山

晋国自从在城濮与楚国大战称霸诸侯之后，休养了几年，国力更加强盛。一天，文公与群臣商议讨伐郑国。因为郑国背着晋国去讨好楚国，而且郑国的地理位置很特殊，是中原大地的咽喉，当年齐桓公争霸的时候，郑国也是必争之地。于是文公决定伐郑。

秦穆公曾经跟晋文公约定：一旦发生战争，秦国出兵，晋国一定相助，晋国出兵，秦国也一定帮忙，两国同心协力，对抗敌人。所以晋文公伐郑，秦穆公也亲自率领军队前来助阵。很快，两国军队就打到了郑国都城，晋军在城西，秦军在城东各自安营扎寨。

郑文公十分害怕，一个谋臣出主意说，派人去秦军说服他们退兵，晋军就失去了帮手。于是派烛武去了。这个烛武已经七十多岁了，头发花白，弓着身子，走路慢吞吞的，已经老得不像样了。但是他的一张嘴却很能说，见了秦穆公，三言两语，就把穆公说服了，答应只要秦国撤军，郑国就投靠秦国。穆公非常高兴，跟他立下盟誓，留下三个将军和两千士兵帮助郑国戍守，自己带领大部队秘密撤退。晋文公知道秦军撤退，大怒，但是想到秦穆公曾经对他有恩，也只好作罢。秦晋两国却因此结下怨恨。

再说烛武回去后，对郑文公说："现在只剩下晋国了，但我们不是他们的对手。您弟弟公子兰一直在晋国，晋文公很宠幸他。您现在派人去跟晋文公讲和，就说愿意归附晋国，并接公子兰回来立为太子，将来继承王位。"郑文公依计行事，晋国把公子兰送回郑国，很快就退兵了。不久郑文公死了，公子兰即位为穆公。晋文公回国后不久也病死了，他的儿子即位做了晋襄公。

再说秦国留守郑国的三个将军，见郑国违背誓言又投降了晋国，非常生气，商议讨伐他们。这时又听说晋文公死了，正是天赐良机。于是派人回秦国报信，请秦穆公秘密派兵来偷袭郑国，他们在这里做内应。秦穆公很高兴，马上跟蹇叔、百里奚商量，谁知两人都说："秦国离郑国太远了，千里迢迢去攻打他们，不可能秘密行军，他们知道了就会有所防备，我们也就不可能偷袭了。再说千里行军，军队很劳顿，中途很可能发生意外。"秦穆公说："我曾经好几次帮助晋国平定内乱，重耳也是在我的帮助下才当上国君的，我们秦国的威名很早就天下皆知了，只因为重耳打败了楚国才当上霸主，如今他死了，天下还有谁是我秦国的对手？"穆公早有争霸之心，现在攻打郑国正是一个扬威的机会，又怎能听进去百里奚他们的逆耳忠言，于是选派了三个大将——孟明视、西乞术和白乙丙,准备出兵。

孟明视是百里奚的儿子,白乙丙是蹇叔的儿子。出发这一天,蹇叔和百里奚哭着送行,对自己的儿子说:"我能看见你出发,却看不见你回来了。"蹇叔又私下给白乙丙一封密信。大军走后,蹇叔就说自己得了重病,请求退休。百里奚去看他,蹇叔说:"秦军这次去一定会失败,你偷偷去告诉子桑,让他在黄河岸边准备好几条大船,如果他们幸运能逃回来,也好接应。"百里奚马上去吩咐子桑准备船只。

再说孟明视和白乙丙在行军路上打开密信,只见上面写着:"这次出战,不必担心郑国,但一定要小心晋国。崤山地势险峻,你一定要小心,不然的话我就要在那里收拾你的尸骨了。"两人不以为然,一路急行军往郑国赶去。

话分两头,郑国有一个卖牛的商人,名叫弦高。这一天他正赶着牛往外地去卖,路上遇见一个朋友,刚从秦国过来。弦高问他秦国最近有什么新闻,那人说:"秦国已经派了军队攻打郑国,很快就到了。"弦高大惊,心想:"郑国是我的家乡,我不能看着它被别人占领。"于是想了一个计策,先派了一个人赶去郑国报告,自己挑选了二十头肥牛,坐着小车,去迎接秦军队伍。一直走到滑国一个叫延津的地方,终于迎面遇见秦军。弦高拦住前面的哨兵,大喊道:"我是郑国使者,求见秦国大将军。"孟明视吃了一惊,心想:"郑国怎么会知道我们派兵来了,还派了使者到这么远来迎接。"马上召见弦高。弦高说:"我国国君听说秦国将军要到郑国来,特意派我来犒劳你们。我国处在几个大国之间,经常会遭到袭击,所以长年戒备,日夜操练军队,随时准备抵御敌人。"孟明视说:"既然是国君派你来的,为什么没有国书?"弦高说:"我们得到消息的时候已经晚了,国君怕耽误了时间,迎接不到秦军,所以就口授我,没有起草国书。"孟明视说:"我国国君派我来,不是为了攻打郑国的,而是来打滑国的。"说完,传令军队就地安营扎寨。弦高拜谢辞退。白乙丙问道:"怎么在这里停下了?"孟明视说:"我们千里行军,就是为了在郑国不知道的情况下偷袭他们,现在他们已经知道了,而且做好了应战的准备,我们要攻打他们就很难了。现在只能趁滑国没有防备,打下它,抢夺一些财物,回国交差了。"于是很快就打下了滑国,准备回去。

再说晋襄公正在为父亲守孝,忽然听说秦国派军队讨伐郑国的事,便和大臣们商议,要趁秦军回国的时候劫杀他们。襄公问大将军先轸:"你估计秦军什么时候回国?从哪条路走?"先轸说:"我估计他们四月初就能到渑池,渑池是秦晋两国的边界,西面有两座崤山,东崤和西崤,相隔三十五里。这两座崤山是秦军的必经之路。那里地形很复杂,有很长一段路,左面是悬崖峭壁,右面是万丈深渊,非常险峻。我们只要提前埋伏在那里,到时候趁他们没有防备,就能把他们全部俘虏。"襄公说:"就按照你说的办吧。"于是先轸调兵遣将,先去崤山埋伏。

这边秦军灭了滑国,抢了很多财宝美女,满载而归。一路行军,四月初到了渑池。白乙丙对孟明视说:"前面就是崤山了,就是我父亲提醒我们要小心的地方。"孟明视说:"我们来的时候不是平平安安地过了崤山吗?现在回去也一样,哪会有什么危险!我在前面开路!"于是大军进了崤山。这崤山,尽是险路——上天梯、堕马崖、绝命岩、落魄涧,处处惊险。秦兵千里跋涉,行军好几个月,这时都已经很疲劳,那些从滑国抢来的东西也成了累赘,因此走得很慢,队伍也都散乱了。正走着,隐约听见有战鼓的声音,前后都来报告,遇见晋国的伏兵,秦兵一下子乱了手脚,在这悬崖峭壁之上也施展不开,只好束手就擒。晋军四面包围过来,乱杀了一阵,俘虏了很多人马和财宝,押着孟明视等三个大将回去见晋襄公。

襄公的母亲嬴氏是秦国人,来劝襄公说:"秦晋两国世代通婚,关系友好。您如果杀了秦国的大将,就伤了和气,不如放他们回去,反正他们打了败仗,回去以后秦国也会按军法把他们处死的。"襄公没有办法,只好听母亲的话把孟明视等三人放了。

三人被放以后,怕晋国反悔,马上逃跑。到了黄河岸边,正愁如何渡河,忽然有几艘大船前来接应,原来正是百里奚吩咐子桑准备好的。三人慌忙上船,一路赶回秦国。秦穆公见他们回来,又惊又喜,说:"我真后悔当初不听蹇叔和百里奚的话,让你们受苦了!"不但没有责罚他们,反而让他们继续训练军队,对他们更加器重。过了不久,孟明视主动请命,要带兵讨伐晋国，以报崤山之仇，穆公同意了。晋襄公得知秦国出兵，笑着说："这是秦国又给我们送东西来了！"于是亲自率领军队迎战，大败秦军。孟明视再次战败逃回秦国，心想这次一定要死了，谁知秦穆公还是没有怪罪他，仍然让他当大将军。孟明视感激不尽，更加认真训练军队。秦国的大臣们都觉得穆公包庇孟明视，穆公说："孟明视一定会向晋国报仇的，只是时机还没有到。"

　　经过一年的训练，孟明视的军队焕然一新，士兵个个都很勇猛，士气十足，孟明视再次请战去攻打晋国，对穆公说："如果这次不能打败晋国，报仇雪恨，我就不活着回来见您！"穆公很高兴，亲自随军督战。过了黄河，孟明视下令把船都烧了，穆公问他为什么烧船，孟明视说："打仗是以士气取胜的，我军好几次被晋军打败，士气很弱。我把船烧了，就是向全体将士表明必死的决心。我们这次是有进无退，已经绝了后路，就只能向前，勇猛杀敌了。我这样做就是给军队鼓气。"穆公连连点头。秦军很快打到晋国边境。

　　再说晋襄公知道秦军到来，急忙与大臣商议对策。赵衰说："秦国对我国的怒气已经很深了，这次秦穆公亲自督战，几乎派出全国的兵力来讨伐我国，看样子是要置我们于死地。我们不能硬打，不如命令边境上的军队坚守阵地，不跟秦军交锋，只让秦国耍耍威风，消了他们的怒气，我们两国重归于好。"于是襄公下令只许守不许战。秦军一路走来，到了崤山，一个晋国的士兵都没有遇到，秦穆公的大臣说："晋国是害怕我们了！趁这个机会我们进崤山，给那些当年战死的士兵收尸，也算是洗刷耻辱了。"穆公于是派军队去收尸，又亲自主持祭奠亡魂，全军上下，一起放声大哭，声威震天。

秦穆公这次虽然没有跟晋国交战，却算是以气势打败了晋国。一些原本附属晋国的小国，纷纷背叛晋国来归附秦国。秦国的威名越来越大，自从晋文公做了霸主，到现在，秦国的力量已经与晋国不相上下了，后来，秦穆公果然做了诸侯霸主。

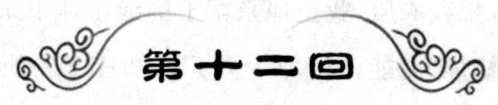

第十二回
楚庄王绝缨大会
战晋国称霸中原

话说春秋乱世,诸侯争霸,晋文公、秦穆公,都是历史上赫赫有名的霸主。他们之后,就是楚庄王了。楚庄王即位后励精图治,楚国日渐强大。

楚国有一个大臣斗越椒想篡夺王位,楚庄王在一些文臣武将的帮助下平定了内乱。为了庆祝胜利,庄王在王宫内摆下酒宴,犒劳大臣们,后宫嫔妃们也都出席宴会。庄王说:"这次全靠你们,帮我平定了内乱,铲除了逆党。我要跟你们庆祝一天,这次的宴会就叫'太平宴'。大家一定要开怀畅饮,尽欢而散。"大臣们一一拜谢,各自就座。于是喝酒奏乐,整整热闹了一天,直到太阳下山,庄王命人点上蜡烛,继续宴会。又让他最宠幸的一个妃子许姬去给大臣们倒酒,大臣们都站了起来。这时忽然刮来一阵风,把蜡烛全都吹灭了,仆人们马上去取火。其中一个大臣看许姬长得很美,早就盯上了,正好趁着这黑暗的机会,就用手去拉她的衣服。许姬很生气,一只手使劲来夺衣服,另一只手去抓他系帽子的绳子,绳子断了,那人才慌张得放了手。许姬手握那根绳子,走到庄王旁边,轻声说:"启奏大王,臣妾敬酒的时候,有一个大臣对我无礼,拉我衣服,我把他系帽子的绳子抓下来了,您赶快让人点起蜡烛,就能认出那个人。"谁知庄王一听,马上命令仆人先不要点火,对大臣们说:"我们今天的宴会,大家一定要喝个痛快。现在你们都把帽子绳扯断,大家不拘礼节,痛饮狂欢!"于是大臣们都扯断帽子绳,庄王这才让人点燃蜡烛,这下就找不到那个拉许姬衣服的人了。等到宴席散了,许姬问庄王为什么要这样做,庄王说:"今天是庆功会,大臣们喝了一天酒,难免酒后失态,这也是人之常情。如果抓到那个人,保住了你的名节,却伤了大臣们的心,宴会就会不欢而散,还算什么庆功会呢!"许姬恍然大悟。楚庄王为了收揽人心,不拘小节,的确有大将风度。后来这次宴会就被称为"绝缨会",意思是扯断帽子绳的宴会。

庄王又四处寻访人才,有一个大臣向他推荐蒍敖。他的父亲是蒍贾,蒍贾就是当年寓言子玉骄横必败的那个人。蒍敖的字是孙叔,大家都叫他孙叔敖。斗越椒叛乱的时候,他为了避难,带着母亲逃到了梦泽,自己耕种过活。有一天他出去干活,在田里看见一条长着两个头的蛇,大吃一惊,心想:"听说两头蛇是不祥之物,看见它的人就一定会死。我得赶快跑!"但是转念一想:"如果留下这条蛇,以后还会有人看见它,又要死一个人,不如牺牲我一个人吧。"于是抡起锄头把这条蛇杀死了,又埋在野地里,然后哭着跑回家对他母亲说:"我今天看见两头蛇了,肯定要死了,恐怕不能再奉养您老人家了!"他母亲问:"那条蛇现在在哪?"孙叔敖说:"我怕别人再看见它而丧命,就把它杀了埋了。"他母亲说:"你这么善良,上天一定会保佑你。你不但不会死,还会飞黄腾达。"几天以后,果然有楚庄王的使者来请他出山,他母亲笑着说:"这就是你杀两头蛇的报答。"

庄王见了孙叔敖,跟他谈论了整整一天,非常赏识他的才能,于是拜他为宰相。孙叔敖果然是治理国家的能手,楚国在他的治理下更加富强,大家都说:"楚庄王有了孙叔敖就像当年楚成王有了子文一样,真是楚国的幸运!"

楚国已经国富兵强,庄王决定进军中原,先去讨伐郑国。于是动用全国的兵力,向郑国进军。庄王命襄老做先头部队,出发时,襄老手下的一个将军唐狡说:"我愿意做先锋,带领一百人,提前一天出发,为大军开路。"襄老同意了。这唐狡真是一员猛将,拼死力战,所向披靡,很快就为后方部队扫清了道路。庄王率领大军长驱直入,如入无人之境,直到郑国都城的郊外,都没有遇见一兵一卒来抵抗。楚庄王很惊讶,对襄老说:"你行军真是神速啊!"襄老说:"我不敢贪功,都是唐狡拼死力战的功劳。"庄王马上召见唐狡,想要重赏他。唐狡说:"我曾经受过您很大的恩惠,这次出战,就是为了报答您的,怎么还敢要赏赐!"庄王纳闷,问道:"我根本不认识你啊!什么时候给过你恩惠?"唐狡说:"不久前的绝缨大会上,那个拉美人衣服的人就是我。您当时不杀我,所以我现在以死相报。"庄王感叹说:"要是当时我点起蜡烛治你的罪,就没有今天你为我拼死开路了!"于是让人记下唐狡大功一件,将来回国后重赏。唐狡对人说:"大王对我的恩德我已经报答了。现在事情都讲明了,我始终是个罪人,怎敢奢望日后的赏赐!"于是连夜逃走了。庄王听说,感叹道:"唐狡真是一个刚烈的大丈夫!"

再说郑国听说楚国来战,马上向晋国求救,晋国派了大军前来,于是晋楚两国大战了一场,晋国兵将们落荒而逃,渡黄河的时候,士兵们为了争先上船,自相残杀,又死伤不少。黄河岸边哭声震天,乱成一片。这时楚军已经到了邲这个地方,有大将请命去追赶晋军,楚庄王说:"楚国自从在城濮大败给晋国,让我们的国家蒙羞,到今天,我们战胜了晋军,也算洗刷了耻辱。楚国和晋国都是大国,实力相当,最终还是要讲和的,就不要再去追那些败军之兵了。"

经过这一战,楚国国威大振,许多诸侯国都来归附,楚庄王终于做了中原霸主。

楚庄王绝缨大会

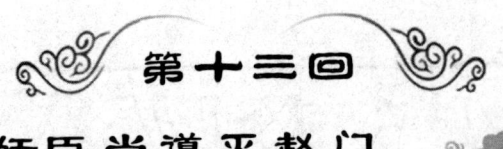

第十三回
奸臣当道灭赵门
程婴舍子藏赵孤

　　楚庄王做了诸侯霸主之后，他的后代楚共王也延续了霸业。结束楚国霸业的是晋文公的后代晋景公。总的来说，晋景公是一个很有作为的君主，不但打败过楚国，还打败过齐国，使得晋国一度恢复了文公时代的辉煌。但是晋景公在历史上出名，则是因为他宠信小人屠岸贾而引发的一段千古奇案——赵氏孤儿的故事。

　　故事要从赵衰说起。赵衰跟随重耳流亡十九年，帮助他当上晋文公又辅佐他称霸，功劳很大。晋文公去世后他又辅佐晋襄公。他去世后他的儿子赵盾成为首辅大臣。晋襄公去世后赵盾继续辅佐晋灵公，灵公宠信屠岸贾，因此跟赵盾不和想杀他，赵盾赶忙逃跑，谁知还没跑出国境，他的弟弟赵穿就杀死了灵公。晋成公即位，赵盾很快就回来继续当首辅大臣。成公死后晋景公即位，这时赵盾也死了，他的儿子赵朔继承了他的官爵。

　　谁知景公也很宠信屠岸贾，屠岸贾一直想着要为灵公报仇,所以千方百计要整治赵家。有一次,晋国境内的一座大山无缘无故倒了,屠岸贾就对景公说:"这座山倒了,是在为灵公申冤啊!是要让您惩罚赵家的罪孽!"景公被说服了,让屠岸贾全权处理这件事。幸好赵朔的一个好朋友韩厥知道了,马上去给赵朔报信。赵朔说:"君要臣死,臣不得不死。国君要杀我,我怎么敢逃跑呢!但是我妻子马上就要生了,要是生个女儿也就算了,一旦上天保佑生了儿子,也是赵家的血脉。我请求你帮我保全他,这样我就是死也瞑目了。"韩厥说:"你父亲对我有恩,你家的事就是我的事!你夫人是公主,趁着他们现在还没动手,不如悄悄把公主送到王宫里,等到孩子生下来再作打算。"赵朔说:"就听你的。"

赵朔对他的夫人庄姬说:"你要是生了女儿就取名叫文,生了儿子就叫武。文人没什么用处,武将以后就可以报仇了。"说完,就秘密把她送进王宫,投奔她的母亲去了。这件事只有赵朔的一个门客程婴知道。

第二天,屠岸贾就带军队来抄赵家了,赵氏一族男女老少几十口人全部被杀,真是灭门之祸。赵家另一个门客公孙杵臼,跟程婴商议要与赵家同赴死难。程婴说:"我们一起为赵家去死,对赵家有什么好处呢?"杵臼说:"我当然知道没有什么好处,但是赵家对我们有恩,这个时候除了死我们还能做什么呢?"程婴说:"庄姬马上就要生了,要是他生了儿子,我们就要抚养这个孤儿,将来为赵家报仇,如果不幸生了女儿,那时候我们再死也不晚。"

屠岸贾清点人数的时候发现没有庄姬,他也知道庄姬快要生了,怕一旦生个男孩日后就会找他报仇。有人告诉他昨晚看见一辆车秘密进宫了,他知道一定是庄姬的车,就马上报告景公,请求在王宫里搜查。景公说:"我母亲很疼爱庄姬,不能杀她。这样吧,等她生完孩子,如果是个男孩,你就想办法把他铲除。"几天后,庄姬生下一个男孩,让宫女们假称是女孩,还说已经死了。屠岸贾当然不相信,亲自带人来搜查。

庄姬把婴儿放在自己的裤子里,向天祷告说:"天要灭我赵家的话,这孩子就哭出声来,天要留我赵家一点血脉的话,他就不哭一声。"等到屠岸贾来搜查时,婴儿果然没出一声,屠岸贾只好走了,但是仍然怀疑,有人说孩子已经被带出王宫了,于是屠岸贾在城门贴出布告,悬赏千金捉拿赵氏孤儿。

程婴听说庄姬已经生产,就秘密派人去宫里询问,庄姬写了一个"武"字递了出来,程婴大喜。又听说屠岸贾在宫中没有搜查到婴儿,更是庆幸。但是瞒得了一时瞒不了一世,婴儿在宫中还是很危险,于是程婴找公孙杵臼商量,想办法把婴儿偷出来藏到一个安全的地方。杵臼想了想说:"抚养孤儿难还是为赵家去死难?"程婴说:"死容易,抚养孤儿却很难。"杵臼说:"你去做难的,我来做容易的,怎么样?"程婴说:

"你有什么计策?"杵臼说:"我们找一个婴儿假称就是赵氏孤儿,我抱他去首阳山藏起来,你去向屠岸贾报告,让他派兵去抓我们,他得到假婴儿,那么真的赵氏孤儿就能得救了。"程婴说:"好!这样一定能骗过他们!但是怎样把赵氏孤儿从宫中偷运出来呢?"杵臼说:"韩厥深受赵家恩惠,这件事只能交给他办了。"程婴说:"好!我妻子刚刚生了一个婴儿,跟赵氏孤儿差不多大,可以代替。"两人商议妥当,挥泪告别。

这天半夜,程婴把自己的儿子交给公孙杵臼,然后又去找韩厥商议。韩厥说:"只要你把屠岸贾哄骗到首阳山,我就趁他不在把赵氏孤儿运出宫来。"于是程婴到处说他知道赵氏孤儿的消息。屠岸贾马上召见他,程婴说:"我是赵家的门客,我知道孤儿在哪。我听说您悬赏千金,所以害怕有人告密,到时候牵连我一家老小,所以才来揭发的。赵氏孤儿藏在首阳山中,不久就要逃往秦国,您得赶快去捉拿。"屠岸贾说:"我亲自跟你去,要是没有我就要你的命!"于是率领大批人马跟随程婴前往首阳山。程婴为了拖延时间故意领着他们绕来绕去,最后到了一个很隐秘的地方,看见几座茅草屋。程婴说:"赵氏孤儿就在这里。"于是上前敲门,公孙杵臼出来,看见众多兵马,就装作很惊慌的样子要逃跑,几个士兵马上抓住了他。屠岸贾问:"孤儿藏在哪?"杵臼故意说:"没有!不知道有什么孤儿!"屠岸贾派兵进屋搜索,很快发现了一个包在褓褓里的婴儿。杵臼看见婴儿，大骂道："程婴！你真是一个小人！主公托付我们抚养孤儿，没想到你贪图荣华富贵出卖我！"一口一个"忘恩负义的小人"，骂个不停。程婴假装羞愧，对屠岸贾说："赶快杀了他吧！"屠岸贾下令说："把公孙杵臼斩首！"又亲自把婴儿摔在地上，只听一声啼哭，瞬时化成肉饼。

再说王宫这边，屠岸贾走后守卫自然松懈。韩厥派心腹化装成大夫去王宫看病，把程婴给他的"武"字贴在药囊上。庄姬看见"武"字，认出是自己写的，知道他们是程婴派来接应的，就把婴儿放进药囊里。婴儿哭起来，庄姬拍着药囊说："赵武，赵武，我赵家百口冤仇，就在你这一点血脉上，出宫的时候，你千万不要哭出声来！"话音刚落，婴儿果然不哭了，于是顺利出了王宫。

屠岸贾自以为杀了赵氏孤儿，高高兴兴回来，就要赏赐程婴。程婴说："我背弃赵家，已经不仁不义了，怎么还敢贪钱！要是您一定要赏赐我，就让我为赵家几十口人收尸吧！"屠岸贾同意了，程婴马上去收了尸体，把他们都安葬在赵盾的墓旁。然后秘密去见韩厥，韩厥把孤儿交给他，程婴马上带他逃去盂山，隐姓埋名，抚养赵氏孤儿。

过了几年，晋景公得了怪病死了，很多人都说他是被厉鬼缠身而死，即是赵氏一门的冤魂来索命的。他的儿子厉公即位。厉公宠信小人，昏庸误国，被几个老臣设计杀死了，然后晋悼公即位。悼公信任韩厥,韩厥趁机为赵家平反,告诉悼公赵家还有一个孤儿在世。于是悼公派人去盂山迎接赵武。又把屠岸贾斩首,全家抄斩,算是为赵家报了仇。此时赵武已经十五岁了,年轻气盛,也练就了一身本领,悼公便让他接任屠岸贾的官职。

悼公听说程婴牺牲自己的儿子以保全赵氏孤儿,非常欣赏他,想给他封官。程婴说:"这么多年我之所以忍辱偷生,就是因为赵武还没有长大成人为赵家报仇。现在一切都解决了,我怎么能贪图富贵,让公孙杵臼一个人去死?我要到地下去找他了!"于是刎颈自杀。赵武趴在他的尸体上大哭,请求悼公把程婴厚葬,并与公孙杵臼合葬在云山之中,称作"二义冢"。赵武为他们守孝三年。

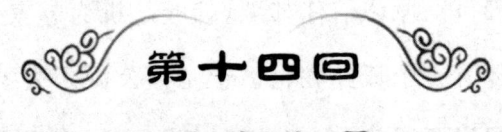

第十四回

平王乱伦废太子
伍员白头出昭关

　　说完晋国的故事,再来看看楚国。话说楚平王当政时,有个奸臣名叫费无极,他想要离间平王和太子芈建之间的关系。一天,他对平王说:"太子已经长大了,何不早日娶妻?要求婚,最好去秦国。秦是强国,要是答应了,就是两个强国联姻,到时候楚国的势力就更大了。"平王听了很高兴,就派费无极为使者去秦国求婚。当时秦国的国君是秦哀公,哀公召集大臣商量此事,大家一致认为以前秦晋两国世代联姻,现在晋国衰落了,楚国强盛,不能不答应这门亲事。哀公只得把妹妹孟嬴许配给了楚国太子。费无极送去聘礼,孟嬴告别家人都不用多提。

　　且说在回楚国的路上,费无极发现孟嬴有绝世美貌,她的随从里也有一个丫鬟,仪容端庄。费无极详细查明丫鬟的来历,到了旅馆,私下召来丫鬟对她说:"我看你长得富贵相,有心要抬举你,让你做太子妃,你要是能替我隐瞒计策,我保证你荣华富贵享受不尽。"丫鬟低头不语,算是默许。费无极提前一天来到宫里,报告平王:"秦国公主,马上到了。"平王问:"你见过她了吗,长得如何?"费无极知道平王好色,把秦女如何美丽一顿夸奖,说自己平生见过美女无数,从未看到过这么漂亮的,不但楚宫里没有比得上她的,就是古往今来的绝色美人也不行。平王听了,面红耳赤,半天才开口说:"我是白当国君了,没有碰到这样的美人,一辈子算是白过了。"费无极悄悄地跟他说:"您要是喜欢她,不如自己娶了。"平王说:"可这是给儿子娶的媳妇,要乱伦的。"费无极说:"不妨事,她虽然是要嫁给太子的,但还没有嫁入东宫,您先接到宫里来,谁敢说闲话?"平王说:"大臣们倒好说,太子那里怎么交代?"费无极说:"我已经看好一个长相端庄的丫鬟,可以让她顶替秦女。我先把秦女给您送进宫里,再把丫鬟送进东宫,让她不要泄密。大家都不知道,岂不是神不知鬼不觉,两全其美?"平王大喜,让无极依计而行。满朝文武都前往恭贺太子娶亲,却不知道费无极已经用了调包之计。

平王自得了秦女,日夜与她在后宫寻欢作乐,不理朝政。他又害怕太子发现真相,不让太子进宫。日久生疑,外界沸沸扬扬,谣传此事。费无极怕太子有所察觉,有所变故,要先下手为强。他启奏平王说:"晋国之所以长期称霸,就是因为地处中原。以前灵王占了陈国蔡国,镇住中原,就有了称霸的基础。现在陈蔡两国又获得分封,楚国退守南方,怎么能成就大业呢?不如让太子去治理城父,以便北上,国君您治理南方,可以坐享天下了。"平王犹豫不决,费无极贴近他耳边说:"秦国娶亲的真相,时间长了怕要泄露,不如把太子支开。"平王恍然大悟。于是派奋扬辅佐太子,同去城父。太师伍奢听说此事,知道是费无极在作怪,想要进谏,被费无极知道,也被派去城父。太子走后,平王把原来的夫人流放,立孟嬴为夫人。太子这才知道事情真相,但也无可奈何。

过了一年,孟嬴生了个儿子,取名珍,平王爱他如宝贝,有意把他立为太子。费无极也害怕太子建日后当上国君,对他不利。他乘机对平王说:"我听说太子跟伍奢有谋反之心,暗地里勾结齐国和晋国,您不能不防啊。"平王说:"我儿子从来柔弱温顺,怎么会谋反呢?"费无极说:"他因为秦女的事怀恨在心,到了城父操练兵士、备置武器。想效仿穆王的行径。您要是不信,请允许我先离开,去其他国家避难。"平王本来就有心要废掉太子建,又被费无极这番话说得不信也信了,于是要传令废除太子。费无极说:"不行啊,太子手握重兵,如果传令废黜他,是逼他造反啊。太师伍奢是主谋,不如先把他召来,再派兵去抓太子,这样您就可以高枕无忧了。"

伍奢召来之后,平王问他:"芈建有反叛之心,你知道吗?"伍奢是个直性子,回答说:"您把儿媳妇收入后宫,已经做错了。又听小人挑拨,怀疑亲生骨肉,怎么做得出来?"平王听了很惭愧,把伍奢收监看管。费无极对他说:"伍奢指责你娶秦女,怨恨之情一清二楚。太子要是知道伍奢被抓了,肯定发兵来救,齐晋两国兵多将广,怎么抵挡得住?"平王说:"我有心要杀太子,派谁去好呢?"费无极说:"派谁去他都会反抗,不如密令奋扬暗中将他杀了。"平王密令奋扬说"杀太子,加官晋爵,放太子,死罪"。奋扬将情形告知太子建,太子同妻子和儿子芈胜一起逃去宋国。奋扬自己绑为囚徒,前去领罪。平王念他忠心,没有杀他,官复原职,仍守城父。平王又改立珍为太子，费无极为太师。

费无极对平王说："伍奢有两个儿子，叫伍尚和伍员，都是人杰。如果让他们跑到吴国去，必会成为楚国的大患。不如让伍奢把他们召来，他们思父心切，必定能来，到时一起杀掉，以除后患。"平王叫来伍奢，对他说："你教太子谋反，应当砍头。念在你祖父有大功劳，不治你罪了。你写信把两个儿子召来，改封官职，就放你回家养老。"伍奢虽然看穿了其中的阴谋，还是回答说："我的大儿子尚，仁慈忠诚，招之即来，小儿子员，文能安邦，武能定国，有未卜先知的才能，怕不能来。"伍奢的信写毕，让一个大臣送去城父，伍尚看了信大喜过望，与弟弟伍员商量。伍尚说："父亲免除一死，我们兄弟还能封侯，使者到门口了，弟弟出去见见。"弟弟伍员，字子胥，身材高大，眉广一尺，目光如电，力能拔山。他说："父亲免死，就是万幸了，我们没有功劳，怎么反倒受封？这是引诱我们，去了肯定被杀。"哥哥说："有父亲亲笔书信，还能有假？"弟弟说："父亲忠君爱国，知道我们肯定要报仇的，他让我们一起死，是免除楚国的后患。"说完，他还卜了一卦，主凶。他跟哥哥说："你我兄弟在外，他们还有所忌惮，不敢杀父亲，你要是去了，反而是加速父亲的杀身之祸。"伍尚说："父子之爱，恩情深长，如果能见一面，就是死也甘心。"伍子胥仰天长叹，说："同父亲一道被杀，有何意义？你决心要去，我只能和你永别了。"哥哥哭着问："你要去哪里呢？"弟弟说："谁能替我报仇，我就投靠谁。"伍尚说："我的智慧和才能都赶不上你。我回楚国去，你去其他国家。我以死尽孝，你要报仇尽孝。我们各自尽力。就此永别吧！"

伍尚回去后，也被关押。平王又派二百精兵去抓伍子胥。伍子胥跟妻子说："我要逃亡，去借兵为父兄报仇，照顾不了你了，怎么办？"妻子怒目圆睁，说："大丈夫背负父兄之仇，好比割裂肝胆，还为女人操什么心？你赶紧跑，不要担心我。"说完，进屋上吊自杀，伍子胥痛哭一场，收拾包裹，操弓佩剑，慌忙出逃，在半路遭遇来兵，将他们打杀，对主将说："我留你狗命，回去报信，告诉楚王，如果想要保留楚国，就留我父兄性命，不然，我一定灭了楚国，砍掉楚王头颅来发泄仇恨。"主将回报伍员逃脱，平王大怒，命令将伍奢父子拉出去砍头。临刑时，伍尚痛骂奸臣误国，伍奢阻止说："忠奸自有公论，骂什么。可惜员儿没有来，我担心楚国君臣从今往后，再没有安稳日子过了。"说完，安然就刑。

平王得知了伍奢死前遗言，又命人带兵缉拿伍子胥。伍子胥逃到河边，将外衣挂在柳树上，鞋子扔在岸上。追兵没能抓到他。费无极献计道："可四处张贴榜文，不管何人，只要能抓到伍子胥，都封官赏金，谁要是放跑了他，就全家处斩。通令各个关隘渡口严加盘查。再通知各国不得收留伍子胥。这样，他进退无路，就是一时难以抓到，也成不了气候。"平王依计而行。

再说伍子胥沿江东下，本想投靠吴国，无奈路途遥远，一时难以到达，正愁去路，想起太子芈建已经逃到了宋国，决定先去追随他。在路上碰到了一队人马，为首的是熟人申包胥。申包胥听他说完来龙去脉，也很悲痛，问道："你现在要去哪里呢?"伍子胥答道:"常言说'父母之仇,不共戴天',我要去其他国家,借兵伐楚,恨不得吃了楚王的肉,车裂了费无极,才能消我心头之恨。"申包胥劝他说:"楚王无道,毕竟是国君,你们家世代做官,君臣关系不容改变,臣子怎么能找国君报仇呢?"伍子胥说:"以前的桀纣也是被臣子杀掉的,就是因为无道。楚王霸占了儿媳,废除了太子,听信奸佞,残害忠良,我请兵来楚国,就是为楚国扫清乌烟瘴气,何况还有血海深仇。我不灭楚,誓不为人!"申包胥说:"我要是让你报仇,就是不忠,不让你报仇,又会陷你于不孝。你好自为之吧!你走吧!我们有朋友之谊,我不会把你的行踪说出去的。不过我告诉你,你能灭楚国,我就能保存楚国,你能危害楚国,我必能使楚国转危为安。"于是,他们相互别过。

伍子胥到了宋国,找到太子建,两人抱头痛哭。当时宋国朝政一片混乱,太子还没有见到国君宋元公。宋元公正在讨伐大臣华登,华登向楚国借兵。伍员听说楚兵就要到了,跟太子建说:"宋国不能再待了!"于是他们向西跑,去投奔郑国。

当时郑国跟晋国亲善,与楚国不和。国君郑定公仰慕伍子胥大名,热情接待,伍子胥和太子建每回见到郑定公就哭诉冤情,恳请出兵报仇。郑定公国小兵少,让他们去求晋国。于是伍子胥留在郑国等候消息,太子建前往晋国向晋顷公求助。晋国大政由一些大臣把持,国君不能做主,召集诸位大臣商议。其中有贪权爱财的奸臣荀寅,曾向郑国索贿不成,怀恨在心,这下总算有了报复的机会。他对晋顷公说:"郑国在晋国和楚国之间摇摆不定,已经不是一天两天了。现在楚太子在郑,郑肯定信任他。我们让楚太子做内应,起兵灭郑,将郑地封赐给他。然后再谋划灭楚的良策,不是更好吗?"晋顷公赞同这一计谋,太子建也同意了,回来告诉伍子胥。伍子胥说:"郑国这么信任我们,我们怎么能谋图他呢?这种侥幸的想法,一定不要有。"太子建贪图郑国,不听劝告,事情败露,被郑定公所杀。伍子胥听到风声,带了太子的儿子芈胜再次逃亡,英雄末路,左思右想,只有逃去吴国了。

伍子胥惧怕郑兵来追,一路昼伏夜出,隐藏行踪,其间辛苦不用多说。这一日,来到一处山前,只见两山对峙,中间一道小口,一座关隘扼住山口。这就是昭关,出了昭关就是出了楚国,可进入大江,直通吴国。如此要冲,本来就有楚兵把守,如今全国都在通缉伍子胥,这个关口更是重中之重,特地派了右司马薳越带着大军在此驻扎,对过往人员严加盘查。伍子胥躲在树林里,正愁怎么过关,忽然过来一个老头,他看伍子胥面貌奇特,上前招呼:"你莫非就是伍子胥?"伍子胥大吃一惊:"你怎么认得我?"老人家说:"我是神医扁鹊的徒弟东皋公,隐居在这里。前两天给薳越将军治病,看到关上张贴着你的画像。你不要怕,我住在后山,请跟我来。"伍子胥和公子胜跟着东皋公来到他的住处。东皋公说:"在我这里住一年半载都没有问题,你要过关,却得想个万全之策。"伍子胥说:"您有什么计策帮我过关,日后一定重报!"

东皋公先招待他们住下,一连住了七天。伍子胥着急了,跟老人家说:"我有大仇在身,住在这里,生不如死,老人家一定要帮我啊!"老人说:"计策我已经有了,现在就等一个人。"这天晚上,伍子胥心急如焚,整夜都睡不着。第二天东皋公看见他大吃一惊:"你的胡须和头发怎么都白了?难道是愁的吗?"伍子胥拿镜子一照,果然一夜之间,须发都白了。他把镜子摔在地上,痛哭起来:"一事无成,头发都白了,天啊,天啊!"东皋公安慰他说:"你不要悲伤,这是好兆头。"伍子胥问:"这算什么好兆头?"东皋公说:"你相貌奇特,很容易被认出来,现在须发都变白了,就不那么容易认出来了。正好我等的那个人也来了。我有办法帮你过关。"原来东皋公有个老朋友,长得跟伍子胥很像,他让老朋友扮作伍子胥,伍子胥扮作一个老仆人,公子胜扮作一个农家小儿。东皋公给他们化了装,三人向昭关出发。来到关口,刚刚遇到开关放人,东皋公的朋友徘徊不前,被官兵发现,一看,跟通缉的人长得相像,前来捉拿,朋友挣扎一通,现场乱作一团。伍子胥趁着混乱,悄悄混过关去,官兵并未细查。

昭关这边,东皋公出来给朋友作证,验明正身。等官兵发现抓错了人,放人赔罪之时,伍子胥早已远远出了关,来到长江边上,只见江水浩浩荡荡,江面宽广,前后不见船只。前有大水,后怕追兵,正当他焦急之时,看到一艘渔船从下游逆水而来。伍子胥大喜,喊道:"渔家,渡我,渔家,渡我!"渔父载他过江,说:"我昨天晚上,梦见有将星落到我的船上,知道一定有贵人要用我的船,所以沿江来找。果然遇见你。看你长相,不是一般人,你是谁?"伍子胥如实相告,并嘱咐渔父保密。上岸之后,渔父让他们等候,回村里取干粮。半天没有回来,伍子胥心生疑惑,跟公子说:"人心难测,怎么知道他不是去找官兵。"他们就躲进芦苇丛。渔父回来,不见人,推断是躲进芦苇丛了,就喊:"芦苇里的人,我没有出卖你们。"伍子胥出来,吃饱后要用佩剑感谢他,被他谢绝。伍子胥问他姓名,他说:"我身为楚国人,却放走了楚国的敌人,哪有脸面说真实姓名。以后万一再相逢,我叫你'芦中人',你叫我'渔丈人'就行了。"伍子胥同他告别,走了几步,又回来说:"万一遇到官兵追问,千万保密。"渔父仰天长叹,说:"我帮助了你,你都不信任我。要是官兵来追问,我还能洗脱干系吗?我只有一死来消除你的怀疑了。"说完,投江自杀。伍子胥万万没有料到如此结局,感叹道:"你救了我,我却害了你,真是可惜。"说完逃路而去。

这样,伍子胥就逃出了楚国。

伍子胥出昭关

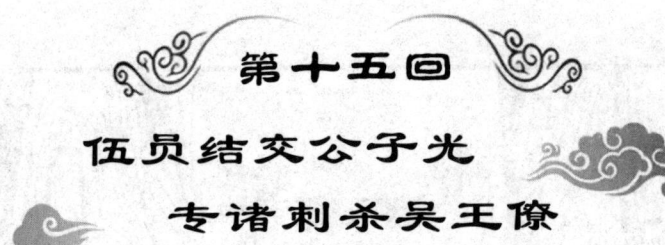

第十五回
伍员结交公子光
专诸刺杀吴王僚

上回说到伍子胥白发过昭关，逃出楚国，进入吴国。当时吴国的国君是僚，公子姬光同他素来不和。这里有段缘故。原来，姬光的父亲叫诸樊，原是吴国国君，他是长子，兄弟共四人。诸樊死后，按祖上规矩，王位要传给弟弟，于是二弟余祭做了国君。余祭死，三弟夷昧继位。夷昧死，本该传给四弟季札，季札不愿意当，跑了。夷昧的儿子继承了王位，就是吴王僚。公子光是长兄之子，是僚的堂兄，他认为按照祖上规矩，应该他做国君。无奈大臣们都是僚的党羽，他只有怀恨在心，时刻谋划着夺回王位。

伍子胥和公子胜，看见一个壮士，额头宽阔，眼睛深陷，身材高大如一头猛虎，正与另一个汉子搏斗。很多人劝阻不了，只听到有个老妇人喊了声"专诸住手！"这壮士就乖乖听从，收拳离去。伍子胥问围观的人，原来此人名叫专诸，力敌万人，好打抱不平，又最听母亲的话，刚才喝止他的老妇人，正是他的母亲。伍子胥感叹道："真是个勇士啊！"第二天，他上门拜访。专诸接待了他，听了他的遭遇，深表同情，对他说："你有如此深仇大恨，为什么不找吴王帮助报仇？"伍子胥说:"正愁没有人引荐。"两人又交谈一番,伍子胥敬重专诸勇猛孝顺,愿与他结义,专诸大喜,于是两人结成八拜之交,伍子胥年长为兄。伍子胥在专诸家住了两天,告辞说:"我要去国都看看,找机会见吴王。"专诸对他说:"吴王这个人傲慢自满,不如公子光能够礼贤下士,他以后会有作为的。"伍子胥说:"我一定牢记你的话,以后我要是找你帮忙,你不要推脱。"

伍子胥把公子胜藏在城外,自己来到国都,披头散发,赤脚涂面,装作疯子,手持一管箫,在集市中吹奏乞讨。再说公子光为了网罗人才,派一个叫被离的人作国都官吏,这个人很会相人。一天,他听到伍子胥的箫声,悲哀中透出气概,出来相见,大吃一惊:"我相人无数,没见过如此长相的。"他把伍子胥请入屋中,对他说:"我听说楚王杀了忠臣伍奢,他的儿子伍员逃亡在外,难道就是你吗?"伍子胥正犹豫不知道怎么回答,被离接着说:"你不要怕,我不是害你的人,我想帮你。"伍子胥如实相告。这边正在说话,早有人将消息通报给了王僚。王僚传令被离带伍子胥去见他。被离一面应付使者,让伍子胥准备见王僚,一面暗中派人通报公子光。王僚与伍子胥交谈之后,很赏识他的才华,任命他为大夫,并且答应出兵为他报仇。

再说公子光早就听说伍子胥智勇双全,是个人才,有心要拉拢他。他听到王僚先接见了他,很害怕伍子胥先被王僚收服了,于是去见王僚。公子说:"我听说伍子胥来了,您觉得这个人怎么样?"王僚说:"他既聪慧,又孝顺。"公子问:"您怎么看出来的?"王僚说:"他跟我谈国家大事,很中我的心意,所以知道他聪慧。他又时刻记挂父兄的冤屈,向我求兵报仇,所以知道他孝顺。"公子又问:"您答应替他报仇了吗?"王僚说:"我很同情他,已经同意了。"公子说:"一个大国的国君,怎么能因为一个普通人就兴师动众呢?我们吴国和楚国打了很久了,没有打过大胜仗。您要是为了伍子胥一个人就出兵,那是把他个人的仇恨看得太重,反而把吴国的国恨看得轻了。要是打赢了,是给他出气,要是输了,反倒我们受辱。我劝您还是不要打这场仗!"王僚想想,也觉得在理,于是不再商议出兵的事。伍子胥听说之后,辞去了大夫的职位。公子光进一步对王僚挑拨说:"伍子胥因为您不肯出兵,就辞官不做,心中有怨恨,您不能重用他啊。"于是王僚就疏远了伍子胥,只给他一个小园子,让他和公子胜有个着落。公子光私下里又结交伍子胥,给他送粮送钱,他们的关系逐渐好了起来。

一天,公子光问伍子胥:"你在吴楚两国往来,有没有见到过才能跟你差不多的人呢?"伍子胥说:"我算什么,我见过一个叫专诸的,才是真正的勇士呢。"公子光说:"我想通过你结识他。"伍子胥说:"专诸家离这里不远,我可以叫他过来见你。"公子光说:"既然是勇士,我应该亲自去见他,怎么好招呼他来呢。"公子光同伍子胥一道坐车去拜访专诸。专诸正在给邻居杀猪,看到一辆马车过来,正要躲避,伍子胥在车上喊他:"贤弟,愚兄在这里。"三个人相见,伍子胥为他们作了介绍。公子光表达了仰慕之情,又给他钱物。专诸都要推辞,被伍子胥劝下。从此之后,公子光经常派人送来钱物,专诸就投到了他的门下。有一天,专诸问公子光:"我是山野村夫,蒙公子的恩惠,如果你有什么事情需要我办,我一定尽力而为。"公子光将王僚如何霸占了本该属于他的王位的前因后果说了个清楚,提出要专诸去刺杀王僚。专诸说:"你说得对。不过我的老母亲还健在,我不敢以命相许。"公子光说:"我也知道你母亲年事已高,孩子又还小,不过要是没有你,我就不能图谋大业。你放心,此事一成,你的母子就是我的母子,我一定替你好好照顾他们。"专诸想了想,说:"轻举妄动,会失败。鱼躲在水底下,还会被渔夫抓住,就是因为贪图鱼饵。想要刺杀王僚,就要投其所好,才能接近他。不知道他喜欢什么?"公子光说:"他喜欢吃。"专诸问:"他最喜欢吃什么?"公子光答:"最喜欢吃鱼。"专诸说:"好,我就去学做鱼。"于是专诸去太湖学做鱼,三个月后,凡是吃到他做的鱼的人,都赞不绝口。他回来见公子光,公子光把他藏在府里。

公子光跟伍子胥说:"专诸做鱼的水平已经非常高超了,怎么才能让他接近王僚呢?"伍子胥说:"我听说王僚的儿子公子庆忌,武艺高强,万夫不敌,伸手可以抓住飞鸟,徒手可以打倒猛兽。庆忌早晚都在王僚身边,很难下手。况且王僚的弟弟掩余和烛庸手握兵权,我们就是有能擒龙打虎的勇士,有神机妙算的才能,恐怕也不顶事。您要想除掉王僚,只有先除掉这三个人。要不然,即使王僚被除掉了,你也还是做不成国君。"公子光沉思半天,茅塞顿开:"你说得在理,先回去吧。我们改天再好好商议吧。"

　　这时,楚国奸臣费无极知道了伍子胥图谋报仇,他听到太子建的母亲在楚国,怕她做伍子胥的内应,劝楚平王杀她。太子建母亲听到消息,和吴国联系,要去避难。吴王僚派公子光去接应,与楚国军队遭遇,打了起来,仗越打越大,很多附属小国也卷入其中。结果楚国大败,楚平王又气又急,一命呜呼,经过一番宫廷争斗,太子珍当了国君,就是楚昭王。费无极原是太子珍的老师,他更加得势了。

　　伍子胥听到楚平王死了的消息,号啕大哭。公子光很奇怪:"平王是你的大仇人,现在他死了,你应该高兴才是,怎么反而伤心呢?"伍子胥说:"我不是哭他。他死了,我就不能亲手砍他的头来报仇,所以哭。"他一连三天睡不着,终于想出一个报仇的办法。他跟公子光说:"您想要夺王位,不是还没有机会吗?"公子光说:"我左思右想,就是想不出来。"伍子胥说:"眼下就是机会。楚王刚死,楚国大臣又无能,现在正是发丧期间,您不如建议吴王攻打楚国,称霸一方。"公子光说:"要是吴王派我做大将怎么办?"伍子胥说:"你假装摔断了腿。吴王就不能派你去。你再推荐掩余和烛庸做大将,再建议派公子庆忌去联络郑国卫国共同攻打楚国。这样吴王的三个翅膀都除去了,他的死期也不远了。"公子光说:"这三个人是除去了,不过叔叔季札还在吴国,他会允许我这么做吗?"伍子胥说:"眼下吴国刚刚和晋国好上,可以让吴王派季札去晋国通好,吴王好大喜功,肯定同意。事成之后,等季札回来,也已经晚了。"公子光不禁下拜,说:"我得到你伍子胥,真是老天爷助我啊。"第二天,公子光将这些计策对王僚提出，王僚一听有称霸的好机会，果然中计，把掩余庆忌等人统统派了出去。

公子光找来专诸，给他一把"鱼肠"匕首，这匕首是著名的欧冶子锻造的名剑之一，细小狭长，能藏到鱼肚子里，锋利无比，削铁如泥。专诸已经知道公子光的意思，对他说："刺杀王僚的时机到了，但我生死不测，不敢自己做主，必须回家回报母亲。"专诸见到母亲，不说话，只是落泪。母亲说："你这么伤心，是公子光要你做什么事情吧！我们家受他大恩大德，无以回报。忠孝不能两全，你去吧，我不拖累你。我现在想喝泉水，你帮我去打点来。"专诸去取泉水，回来看到母亲已经上吊自尽，大哭一场，将她安葬，去见公子光。公子光听了，很是难过，安慰他一番，等他平静之后，才谈到刺杀的事情。专诸说："您请王僚来府上吃鱼，他要是能来，这事八九不离十了。"于是公子光去见王僚，说府上新来个厨师，擅长做鱼，请王僚来品尝。王僚就是好吃鱼，高兴地答应："王兄来请，我明日一定去。"

公子光当晚在府第里安排好刀斧手，又约伍子胥在外面安排好数百人接应。第二天一早，又派人去请王僚。僚跟他母亲说："公子光请我去吃鱼，会不会有什么阴谋？"母亲说："他脸上常有怨恨的神情，我看一定没安好心。你不如推掉它。"僚说："我不去，反而显得是怀疑他，不如多做些准备，怕他做什么。"于是他穿了三层铠甲，又带了大队卫兵，直接去公子光府第，沿途都布满自己的兵士。入宴席后，公子光坐在边上，王僚的亲信坐满整个厅堂，一百个精兵服侍宴席，都全副武装,不离王僚左右。厨师上菜的时候,从门外就开始搜身,确定安全后才放入,而且只许跪着爬进来,还有十来个勇士手握宝剑从两侧跟进。厨师上完菜,依样而出。酒过三巡,公子光假装脚伤复发,要去敷药,退了出去,从旁边的屋里偷看。不一会,专诸来献鱼,搜身完毕,允许进屋,谁也料不到匕首藏在鱼肚子里。勇士带着专诸来到王僚的面前,专诸手捧盘子把鱼献上,他突然从鱼肚子内取出匕首,刺入王僚的胸膛,匕首穿透三层铠甲,直从后背穿出。王僚大叫一声,当场毙命。卫士们先是震惊,马上一哄而上,把专诸砍成肉泥,屋子里乱作一团。王僚带来的卫兵正不知所措,公子光早先布下的埋伏从四面杀出,王僚部下群龙无首,没来得及逃跑的被杀了,逃出去的又被伍子胥的人马所杀。

公子光驾车上朝,召集群臣,将王僚背弃祖规,霸占王位,自己诛杀王僚一事公布于众,并且宣布自己并非篡位,暂时摄政,等叔叔季札回国,奉他做国君。众大臣见事已至此,只能作罢。

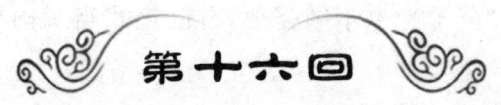

第十六回
要离贪名刺庆忌
伍员复仇请孙武

　　上回说到公子光用了伍子胥的计策,派刺客专诸刺杀了吴王僚。他封赏了有功之臣,不过仍用宾客之礼对待伍子胥,并没给他封官。他又散财放粮,接济穷困百姓,国内人心安定。

　　王僚的弟弟掩余和烛庸正跟楚国死战,等救兵久久不到,忽然听到公子光刺杀王僚的消息,知道他必定容不下他们。兄弟二人商议,想带大兵投奔楚国,又怕楚国不信,到了半夜,带了几个亲信,悄悄地溜出军营。一个投奔徐国,一个投奔钟吾。可怜吴军失去大将,第二日被楚国打了个落花流水。公子光又害怕王僚的儿子庆忌,派人打探他的归期,自己带领大军守在边境,以逸待劳。庆忌在回来途中听到国内政变,就跑了。公子光派人去追,乱箭射杀,庆忌双手接飞箭,无一伤到他。公子光知道抓他不住,自己回到国都,命人严加防守。隔了几日,季札从晋国回来,听到政变,直接到王僚墓上凭吊。公子光去墓地迎接,要让位给季札。季札原本就不愿意做国君,他对公子光说:"你自己想做国君,现在得到了,又让出来做什么?只要我们宗室不断,百姓有个好国君就行了。"公子光也不勉强他，自己正式当了国君，他就是吴王阖闾。

再说公子庆忌逃亡在外，到处招纳人才，结交邻国，寻找时机想回吴国报仇，成了吴王阖闾的心腹大患。阖闾跟伍子胥说："上回专诸刺杀的事，全靠你给我谋划的，现在庆忌让我吃不好，睡不着。你到处寻访勇武之人，有没有合适的推荐给我啊？"伍子胥说："我认识一个卑贱的人，好像可以。"阖闾说："庆忌力敌万人，卑贱的人恐怕对付不了他吧？"伍子胥说："他虽然地位卑贱，不过却有万夫不当之勇。我以前看他羞辱过一个壮士。"于是伍子胥将这件事从头说来。

原来伍子胥推荐的人叫要离。有一次东海有个人死在吴国，同乡有个壮士来吊唁，他经过大河时，马被河神掠走。此人跃入河中，与河神大战三天三夜，相互不能取胜，他只一只眼睛受伤。到了吴国，他以为自己能与河神大战，盛气凌人，对吴国的官员出言不逊。要离当时在场，跟他说："你见到大夫们很骄傲，自以为是个勇士吗？勇士是宁死不屈的，你跟水神打，不但没有把马抢回来，被打伤眼睛又不跟他拼命，就是个废物，还有什么脸面？"那人被说得张口结舌，羞愤而去。当天晚上，要离跟妻子说："我今天羞辱了一个壮士，他晚上肯定要来报复，你不要关门。"那个人果然半夜带着宝剑来了，看门没有关，直接进了要离的卧室。要离在窗户边上直挺挺躺着，没有动，也不害怕。那人把宝剑抵在他脖子上，对要离说："你三次找死，自己知道吗？"要离说："不知道。"那人说："当众羞辱我，是第一次；回来不关门，是第二次;看到我不躲,是第三次。"要离说:"你有三次怯懦,你知道吗?"那人说:"不知道。"要离说:"我在众人面前羞辱你,你不还口,是第一次;进我家悄无声息,想搞偷袭,是第二次;用宝剑抵我脖子,还大言不惭,这是第三次。你如此胆小,还敢来责备我?"那人听了,长叹一声:"我自以为勇气天下无双,没想到你才是真的英勇。我杀了你,会被天下人嘲笑,不杀你,也枉称勇士。"说完,撞墙而死。

阖闾听了伍子胥夸奖要离的勇敢,就召见他。没想到要离是个侏儒,长相丑陋。吴王觉得失望:"伍子胥说的那个勇士,就是你吗?"要离说:"我矮小无力,风一吹就倒,不是什么勇士。不过您要是有所差遣,我一定尽力而为。"吴王不吱声,伍子胥知道了他的心思,说:"要离虽然长得丑陋,但智勇双全,只有他才能办成大事。"要离说:"您不就是担心公子庆忌吗,我能杀他。"阖闾笑着说:"庆忌有万夫不当之勇,你恐怕不行吧。"要离说:"杀人在用脑子,而不是凭力气。我要是接近他,杀他就跟杀鸡一样。"阖闾说:"庆忌虽然在招人马,可是未必会相信吴国去的人。"要离说:"您把我的妻小杀掉,将我的右胳膊砍掉,我假装受到吴国惨祸,去投庆忌。"阖闾觉得无故加如此重罪,有点不忍心,伍子胥劝解一番,才同意。

要离逃出吴国,逢人便诉说冤屈,打听到庆忌,就去投奔,他跟庆忌说:"我听说吴王刺杀了您的父亲,夺了王位,您正准备报仇复国,我特地来投靠。我了解吴国的情况,您的勇猛加上我做向导,杀入吴国就不难了。到时候您可以报仇,我能够雪恨。"庆忌并不相信他,派人去探听,知道了要离的遭遇属实,才不怀疑他。庆忌问要离:"我听说吴王任用伍子胥等人,练兵选将,我兵力微薄,怎么才能报仇?"要离说:"伍子胥确实是个人物,不过现在他服侍吴王,是希望借吴国兵力来报仇,现在他的仇人也死了,吴王不想起兵伐楚,君臣已经不和了。我这回逃出来,还是伍子胥帮的忙,他说只要您能帮他报仇,他愿意做内应。这是个好机会。要是过阵子他们君臣和好,就难了。那时,恐怕永无报仇之日了。"说到此处,要离伤心欲绝,要撞墙自杀。庆忌赶紧拦住他:"我听你的,我听你的!"于是,他任用要离,训练水师,三个月后,顺江而下,要偷袭吴国。

庆忌和要离同乘一条船,要离说:"您可以亲自坐在船头,督促船工。"庆忌到船头坐定,要离握着一根短矛站在边上。忽然刮起一阵怪风,要离转身站在上风口,借着风力,把短矛刺进了庆忌的胸口,穿出后背。庆忌用手将要离倒提起来,把他摁进水里,又提出来,摁了三次,又放到膝盖上,环顾而笑,说:"天下竟然有这样的勇士,敢杀我!"左右的人要将要离杀死,庆忌说:"他是天下勇士,怎么能一天之内死两个勇士呢。放他回去吧。"说完,庆忌死了。虽然庆忌不杀要离,要离对左右说:"我为给国君办事而杀了妻儿,是不仁;我为了新的国君而杀死了老国君的公子,是不义;我为了完成别人的事而残害自己的身体,是不智。有这样三条罪状,还有什么脸面活着?你们把我杀了,然后拿庆忌的尸体去吴国领赏吧。"

　　吴王看到庆忌已死，非常高兴，把要离厚葬，表明他的功绩。这样一来，他吴王的位子总算坐稳了。伍子胥知道吴王是要先安定国内，才有可能为他报仇，现在，时机成熟了。阖闾因为庆忌已死，除了心腹大患，大宴群臣。伍子胥哭着启奏："您的祸患都已经除去了，我的仇哪天才能报啊？"大臣伯嚭也垂泪请求出兵。伯嚭是楚国大将伯郤宛的儿子，伯郤宛和伍子胥的父亲一样，因为得罪了费无极，被陷害致死。伯嚭逃出来后，也投奔吴国，和伍子胥一样得到重用。吴王当场答应："明天我们就商议此事。"

　　次日，吴王和伍子胥、伯嚭在宫中商议。吴王说："我想出兵，谁做大将好呢？"二人异口同声："愿为吴王效力。"吴王觉得他们都不是吴国人，只想着报仇，不为吴国考虑，所以不想用，只是叹息，并不答应。伍子胥摸透了他的心思，说："您是担心楚国兵多将广吧。我推荐一个人，保证能打胜。他叫孙武，是吴国人。"吴王一听是吴国人，马上高兴起来。伍子胥接着说："这个人精通谋划，鬼神莫测，要是请他做军师，就天下无敌了。"孙武又称孙子，就是《孙子兵法》的作者。

　　吴王用重金召来孙武，拜读了他的兵书，又同他谈用兵打仗的方法，很欣赏他。他对孙武说："你真有大才华，可惜我国家太小，兵太少了。"孙武说："我的兵法不但可以指挥军队，就是女人也可以训练出来打仗。"吴王哈哈大笑，表示不信，召来三百宫女，交给孙武操练。孙武说："还需要您喜欢的两个妃子来做队长才行。"吴王依准。孙武说："治理军队，首先要有令必行，其次要赏罚分明。这次虽然是演练，也不能疏忽。"于是他要几个人执法和发号令。

第二天一早,三百宫女来到校场,一个个披盔戴甲,手执兵器,两个妃子更是穿着成两名将官,分领两队宫女。孙武亲自画好阵形,宫女们依阵排列开来,伏地听令。孙武下令说:"鼓响一通,两队都起立。鼓响两通,左边一队向右转,右边一队向左转。鼓响三通,拔剑做搏杀状。听到鸣金,都集中起来。"宫女们从来没有见过这阵势,都嘻嘻哈哈的。鼓响了一通,有的站起来,有的蹲着,还有的坐着。孙武说:"不整齐,是号令不清楚,这是将领的过错。"他又将命令重新说了一遍。第二通锣鼓响过,还是老样子。孙武再次传令,并亲自击鼓。状况也没有改变。孙武大怒,问执法者:"将令已明,士兵不听从,怎么处置?"执法官说:"当斩!"孙武说:"士兵太多,不能都杀了,罪在队长。来人,把两个女队长斩首示众!"左右见他怒发冲冠,都不敢当儿戏,真要斩队长。吴王在看台上发现情况紧急,派人来救。孙武说:"军中无戏言,我既然为将,君命有所不受!"两个队长被砍头后,宫女们无不胆战心惊。孙武又选出两个队长,重申命令。这次擂鼓行军,都很整齐,不出丝毫差错。孙武回报吴王:"军队已经操练好了,请大王检阅,即使赴汤蹈火,她们也不会后退。"吴王刚刚看到两个心爱的妃子被杀,很不高兴,不想用孙武。伍子胥说:"大王要想征服楚国,称霸天下,就需要良将。美色易得,良将难求。千万不要因为两个妃子就放弃了孙武啊!"吴王这才明白过来,拜孙武为上将。

孙武练兵斩美人

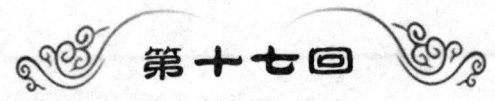

第十七回

孙武子兴兵灭楚
申包胥泣师复国

　　孙武拜将之后，吴王询问攻打楚国的谋略。孙武说："行军打仗，先要除掉内乱。僚的弟弟掩余在徐国、烛庸在钟吾，应当先除掉他们，才能打楚国。"吴王说："这两个都是小国家，我们派使者去索取就可以了。"掩余、烛庸听到消息，都跑到了楚国。楚昭王很高兴，安排他们到舒城练兵，以抵抗吴国。阖闾大怒，先灭了这两个小国，又派兵攻打舒城，破城杀将，除去了后患。阖闾想要乘胜追击，攻入楚国国都郢。孙武说："征战太久，百姓疲惫，不宜太着急。"于是班师回国。伍子胥建议说："想要以少胜多，以弱胜强，就要懂得劳逸的道理。我们应该将部队分为三支，轮番骚扰楚国。我们一攻打，他们肯定全军来迎，我们再撤退。这样就可以使他们疲劳。"吴王依计而行，楚兵大受折磨。

　　当时楚国的相国囊瓦，是个贪得无厌之人。当时两个小国唐和蔡附属于楚，唐成公和蔡昭侯去朝拜楚昭王。蔡侯有羊脂白玉佩一对，银貂鼠裘两副，他将一裘一佩献给楚王。囊瓦看来很喜欢，想要他的另外一套。蔡侯不肯给，就被囚禁在楚国，仆从偷偷将宝物献给了囊瓦，才得以回到蔡国。

唐侯有两匹宝马，一匹献给了楚王，囊瓦想要另一匹。唐侯不愿意给他，结果也被囚禁，献了宝马才得以回国。两人对囊瓦怀恨在心，纠集了一些小国同打楚国，被楚国打败，蔡国危急。他们听说吴王要攻打楚国，都派使者来，表示愿意助一臂之力。伍子胥高兴地跟阖闾说："这是老天爷给我们机会打败楚国啊。"这个时候，在外练水师的孙武也回报吴王，他说："楚国的附属小国都怨恨它，现在是众叛亲离，正是伐楚的好时候啊。"吴王大喜，当场拜孙武为大将，伍子胥、伯嚭为副将，弟弟夫概为先锋，发兵十万，去救蔡国。囊瓦看吴国兵势强大，赶紧回报楚王。

　　囊瓦率楚军驻扎在汉水南岸的汉阳城。孙武为了赶速度，传令军队舍船，从陆地行进，直奔汉阳，很快就到了汉水北岸。囊瓦本来担心吴军渡过汉水，听说他们放弃了船，稍稍感到放心。这时，楚王派大将沈尹戌前来救援，这是一员智勇双全的将领。沈尹戌听说吴军走陆路，大笑道："都说孙武用兵如神，我看倒像儿戏！"囊瓦问："何以见得？"沈尹戌说："吴国人习惯水战，现在舍弃了水路，就是为了求速度，万一失利，就断了归路。"囊瓦问："现在敌军就驻扎在对岸，如何破敌？"沈尹戌说："我分兵五千给你，你沿江列营，把所有船只扣留起来，再派人到江面上日夜巡逻，不要让吴军渡江。我率部队抄到后路，先将他们舍弃的船只烧毁，再把东面的栈道烧掉。到时候你渡江进攻，我从后方包抄。我们两面夹击，吴军水陆两条退路都被我们截断。我让他们有来无回！"囊瓦大喜，连声说高见。于是楚兵依计而行。

　　沈尹戌走后，囊瓦同吴军对峙了几天，部将史皇对他说："现在吴军地形不熟，相持几天也不能渡江，我们不如强攻过去，必能取胜。如果等沈尹戌烧了船和栈道，他就是第一功臣，到时候爱戴他的人多，反而要爬到您头上了。"囊瓦一听有理，传令三军，渡江去攻打吴军。楚国先头部队被吴军先锋夫概打败。史皇又说："我们不如晚上去抢敌军的大营。"于是囊瓦安排好了劫营计划。孙武料到楚军要来偷袭大营，做好部署。囊瓦半夜带了精兵来偷袭，却中了埋伏，边战边退，正要回大营，不料自己的大营已经被伍子胥攻下了。他吓得肝胆俱裂，领着败兵残将逃出很远，才重新扎好营寨。囊瓦正与部下商议准备弃寨逃跑，忽然有人来报，楚王又派来一支援军。他迎出大寨，见是大将蔿射。蔿射听了囊瓦的战况，说："要是听从沈将军计策，何至于此！现在的办法，只有守住营寨，不同吴军交战，等沈将军大军回来，合兵退敌。"囊瓦说："我是兵太少，去劫营，才落得如此下场。现在你的队伍刚到，锐气很盛，应该乘机攻上去。"两个将领计谋不合，于是各自立了营寨，互不服气。

　　吴军听说楚军将领不和，来偷袭囊瓦军营，囊瓦没有防备，被打了个措手不及。蔿射的儿子蔿延听说了，要去救，被父亲拦住。囊瓦溃退下来的部队都被蔿射收编。蔿射说："现在吴军士气正健，要是攻打过来，我们抵挡不了，不如先撤回郢都。"吴军探听到消息，夫概提议先不追击，趁楚军渡江之时，发动攻击。吴王大喜："我有这样的弟弟，还怕打不进郢都？"果然，楚军渡河时遭到袭击，溃不成军，吴兵一路追击,杀过河去。大将蒍射被夫概砍死,他的儿子奋力搏杀,正无法突围,忽听一声炮响,以为又是吴军杀到,心想这下完了。不想这支军队却是楚国沈尹戌的部队,他听到消息,赶来救援,吴兵虽被杀退,后面还有大军,他们也不敢追击。双方都扎好营垒。沈尹戌对仆人说:"囊瓦贪功,使我的计策失败。现在没有办法了,只有明天决一死战。万一胜了,是楚国的福气。要是我战死沙场,你一定把我尸首保护好,别落入敌手。"他又对蒍延说:"你父亲已经为国捐躯了,你快回郢都报信,叫他们设法保卫都城吧。"第二天,一场恶战,无奈沈尹戌四面受敌,力战而死,仆人割下他的头颅回郢都报信。

楚昭王听到楚军打败,吴军正奔郢都而来,急得团团转。他找来两个哥哥子西、子期商议,都没有对策。子西、子期死守郢都。郢都城外又有麦城、纪南城,与郢都呈三角形,相互呼应。伍子胥提议分兵三路,他率部队攻打麦城,吴王亲自攻打郢都。楚王知道郢都不保,弃城而走。吴王阖闾攻入郢都,在楚国宫殿大宴群臣。吴国的军队奸淫掳掠,无恶不作。唐侯、蔡侯都抢回了自己的宝物。吴军又捣毁了楚王的宗庙。伍子胥尚不解恨,他打听到楚平王的坟墓在太湖底下,命令军士挖掘出来,毁坏棺材,拉出尸首,果然是平王。这尸体由水银保护,没有腐烂。伍子胥怒发冲冠,手持九截铜鞭,把平王尸体鞭打三百多下,直到肉烂骨碎。一脚踩住他肚子,一手挖出他眼睛,大骂道:"你生前有眼无珠,不辨忠奸,杀我父兄,我今天总算报了大仇!"说完,挥剑砍下头来,又将尸骨丢弃在野外。

　　再说申包胥在郢都陷落之时，逃避在外。他听说伍子胥掘墓鞭尸的事，就派人给伍子胥送来一封信，信中写道："你以前是平王的臣子，现在却侮辱他的尸首，虽说是报仇，也做得太过分了吧！物极必反，你还是快点回去吧，不然，我就要履行'复楚'的诺言了。"伍子胥读了之后，并没有回信。申包胥心想，楚平王的夫人是秦宣公的女儿，现在的楚昭王就是秦哀公的外甥，要想复国，只有去找秦国。于是他昼夜不停，奔赴秦国，脚走裂了，就撕下衣服包裹着继续前进。

　　申包胥见到秦哀公，说："吴国贪得无厌，比毒蛇还毒，早就想并吞各国了，攻打楚国只是一个开始。现在我们国君兵败在逃，特地派我来秦国求助，万望您念及他是您外甥的亲情上，出兵解除楚国的灾难。"哀公说："秦国地处偏远，兵少将寡，自保都不够，哪还有能力去救别人？"申包胥说："楚国和秦国接壤，现在楚国灾难，秦国要是不救，吴国灭了楚国，下一步就是攻打秦国了。您救楚国，就是保护秦国啊。要是您挽救了楚国，楚国必然世世代代感激您。秦国就有楚国相助，不是更强大了吗？"哀公还是拿不定主意，说："你先下去休息，我和大臣们商量一下。"申包胥说："我的国君逃亡在外，无处安歇，我哪有心思自己去休息？"哀公贪杯好酒，不太理会国事，没有商议出兵。申包胥在朝廷上日夜痛哭，七天七夜滴水不进。哀公听说后，甚为感动，说："楚国居然有这样的忠臣，而吴国还要灭他，我秦国连这样的大臣也没有，他更容不下了。"于是，调集大军，随申包胥去救楚王。申包胥说："我们大王等待救兵如盼甘霖，我先行一步告诉他们这个好消息,并且收拾楚国的残余军队,给你们做先导。"

秦楚合兵一处,先遇见了吴国先锋夫概。夫概大败,回报阖闾。孙武说:"打仗只能是暂时的,不能拖延太久。楚国地广人多,人心还没有归顺。我原来请求辅助公子建的儿子芈胜当楚国国君,就是为了收买人心。你们不听。现在最好的办法就是同秦国谈判,同意楚王复位,要求他们割地给我们。在楚国长期待着,对我们没有好处。"伍子胥赞同这个看法。伯嚭却说:"我们自从出了吴国,一路胜仗,势如破竹,五仗就攻下了郢都。现在刚看到秦军就害怕,算怎么回事?我愿意带一万精兵,前去杀敌!"他领兵而去,先遇见子西,双方开口大骂,旋即大战起来。子西假装大败,引伯嚭去追,伯嚭中计,被三路敌军围困。幸好伍子胥随后赶来援助,才逃出来。孙武跟伍子胥说:"伯嚭这个人,以后肯定是吴国的祸患,不如趁机责他不听军令,杀掉以除后患。"伍子胥替他开脱说:"他虽然吃了败仗,不过先前有功劳,再说大敌当前,不宜斩大将。"这一仗之后,秦楚联军就逼近郢都了。阖闾同夫概、伯嚭、伍子胥分守几个城池,成掎角之势。

却说吴军先锋夫概本来战功不小,可惜吃了秦兵一场败仗,被派来守郢都,心中不满。他又听说吴王正跟秦军相持不下,心想:"吴国的规矩,王位是从兄长传给弟弟,现在阖闾立他的儿子做太子,我势必当不了国君了。现在吴国大军在外,不如趁这个机会杀回国内,夺了王位再说。"因此,他领兵回国,假称阖闾兵败,不知跑到哪里去了,自称吴王,守住要塞,防止阖闾归来。再说阖闾的太子坚决同夫概对抗,夫概和越国勾结，许以五座城池做报酬，两面夹攻太子。

阖闾发现夫概不见了，大吃一惊。伍子胥说："夫概有勇无谋，不足为虑，要是他勾结了越国，倒是令人担心。您应该先回国内，安定局势。"阖闾留下孙武抵抗秦军，自己和伯嚭领兵回国，路上就接到太子的消息，心想果然如伍子胥所料。阖闾大军回国，夫概即刻战败，逃到宋国去了。

伍子胥正与孙武商议如何撤兵。申包胥又送来书信，写道："你们君臣占据郢都多时，仍然不能灭楚，这是天不灭楚。你实现了'灭楚'的愿望，我也实现了'复楚'的诺言。朋友成人之美。只要你不拼死顽抗，我们也不赶尽杀绝。"伍子胥说："我们几万人长驱直入，烧了楚国的宗庙，鞭打了楚王的尸体，住着他们的宫室，抢劫他们的财物，自古报仇，没有超过这样的。可进可退，我们是该撤回去了。"孙武说："不提要求就撤退了，恐怕遭人笑话。"于是，他们以公子胜回楚国受封为条件，退兵回吴。

越国国君允常听说孙武等人班师回国，知道打不过吴国，也就班师回去。允常知道自己和吴国结了仇，索性也称王。

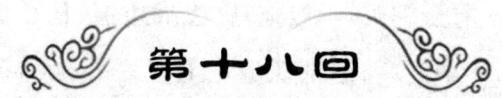

第十八回
继王位夫差报仇
受屈辱勾践事吴

吴王阖闾自从大败楚国之后，威震中原，他骄奢起来，建起高大宫殿，游乐无度。阖闾年纪大了，太子又过世，嫡孙夫差年过二十，生得一表人才，听到祖父要选立继承人，赶紧去讨好伍子胥。伍子胥在阖闾面前代为夸奖，夫差果然当上了太孙。

周敬王二十四年，阖闾听说越王允常死了，勾践继位。他一直记恨夫概叛乱时，越国攻打吴国，想要报复。伍子胥说："越国虽然打过吴国，现在国君新丧，讨伐它恐怕不吉利。"阖闾性情急躁，听不进劝告，留伍子胥和夫差守国，自己领着伯嚭亲率三万精兵去讨伐。越王勾践亲自领兵来迎。两下交战，谋臣对勾践说："只能以计取胜。"越军分几队从几面冲击吴军，怎奈吴国兵精将勇，越国求胜不得。谋臣又说："可以用死囚冲锋。"第二天，越国从军队中挑出三百个死囚，都袒胸露背，手持宝剑，列队来到吴军阵前，高声说："我们国君不自量力，得罪大王，我们愿替他请罪。"说完，集体自杀。吴军没有见过这种打仗法，正在纳闷，越军忽然发起冲锋，吴军大败。阖闾被砍伤右腿，幸亏有部将及时赶到，将他救出。

众人怕吴王有所闪失，不敢拖延，边战边退，伤亡惨重。可怜吴王阖闾，年事已高，随部队退出七里之外，大叫一声，一命呜呼。伯嚭等人将遗体运回吴国。

夫差迎回阖闾遗骨，好生安葬，继承了王位。他发誓要为爷爷报仇，安排十个仆人站在院子里，看到自己进出就喊："夫差，你忘记越国杀你爷爷的大仇了吗？"夫差每次听到，都哭着回答："不敢忘！"他命令伍子胥和伯嚭在太湖训练水师，只等三年守丧期满，便要报仇。

三年之后，夫差以伍子胥为大将，兴兵伐越。越王勾践召集群臣商议应敌之策。范蠡说："吴王发誓报仇，三年苦练，现在他们兵将齐心协力，志在必得，迎敌不妥，不如坚守。"文种说："我看不如求和，等他们退兵后再从长计议。"勾践说："你们一个说守，一个说和，都不是好办法。我和吴国世代有仇，不共戴天。他来攻打，我反而不战，他肯定以为我不会打仗。"于是，招兵三万，迎击吴军。初战越国胜，勾践乘胜追击，不料遭遇夫差大军。夫差立在船头，亲自击鼓，士兵个个奋勇向前，加上吴军顺风顺水，越军大败。勾践溃败，退回城中。勾践留范蠡守城，自己带着文种跑到会稽，只剩下五千人，对文种说："我真后悔没有听你们的话啊！"范蠡又一天三次告急，勾践又怕又没有办法。文种说："现在求和，还来得及。"勾践说："吴王不许，怎么办？"文种说："吴国太宰伯嚭，贪财好色，嫉贤妒能，跟伍子胥不和。吴王敬畏伍子胥，却喜欢伯嚭。我们如果能收买伯嚭，就能成功。"

于是勾践连夜备下美女珠宝，前去私见伯嚭。伯嚭本来不想见,听说有礼物,才接见了文种。文种先将伯嚭恭维一番,又传达了越王求和的心意,并把礼单献上。伯嚭说:"现在吴国马上就要灭掉越国,越国的东西都是吴国的,这么点东西就能收买我么?"文种说:"越国虽然打败了,还有五千精兵能拼死一战,要是打不赢,我们就把府库都烧掉,逃到其他国家去。越国的东西吴国也得不到。再说,即使归了吴国,大半都归吴王,其他的赏赐给功臣,分到您手里的能有多少东西?要是您帮助越王投降,以后先给您进贡,再给吴王进贡。越国不就归您了吗?"伯嚭欣然同意,第二天去见夫差,通报越王求和的要求,并说了许多好处。吴王问:"越王想当我的臣子,能随我到吴国去吗?"文种说:"当然能服侍吴王。"伯嚭说:"勾践能去服侍您,这跟打败他没有什么区别了。"夫差同意了求和的要求。

早有人报告伍子胥,伍子胥匆匆赶来,说:"不能允许求和。吴越相邻,势不两立,不是你灭我,就是我灭你。要是秦晋这样的国家,我们打下来,水土不服,生活不同,可能没有用。打下越国,可以用它的土地,它的船。这对吴国社稷有利啊。何况又有先王大仇,怎么能不报呢?"夫差正不知怎么回答。伯嚭笑着说:"相国这么说就不对了,先王立国,水陆并重。要是说吴越不能共存,那么陆路国家如秦、晋、齐、鲁等早就不能共存了。要是先王之仇不能不报。那么相国当年怎么又赦免了楚国呢?现在越王愿意做吴王的奴仆,不比楚国接纳公子胜的条件好吗?您是自己做了忠厚的事,却要吴王做赶尽杀绝的事吗?"夫差高兴起来,连连说太宰言之有理,把伍子胥气得脸色发白,却也没有办法,叹道:"恨当初没有听孙武的话,把你这个奸臣杀了。"他出了大帐,对人说:"再过二十年,吴国就完了。"

夫差接受了勾践的求和,班师回国。他派伯嚭领兵一万驻扎吴山,以防有变。又命一大将跟随文种回去,催促勾践赴吴。勾践搜索了国内的宝物和美女,先送过去,自己悲伤不已。文种说:"以前,汤王被囚在夏台,文王被关在羑里,都能一举成王。齐桓公出逃莒国,晋文公出逃翟国,后来都称霸。逆境是称霸事业的开端,您不要难过,会有复兴之时的。"于是,勾践祭祀宗庙,与夫人入吴。派善于治国的文种在越国主政,让善于周旋的范蠡跟随入吴。临别之际,君臣相互发誓,无不痛哭含恨。

到了吴国,越王先见伯嚭,感谢他促成和谈,送上金帛美女无数。伯嚭一口答应帮他美言,让他早日回国。伯嚭带着勾践去见吴王。勾践光着膀子跪在下面,夫人也随着跪。范蠡将贡品的单子呈给吴王,越王在下面请罪说:"我勾践不自量力,得罪了您,现在您宽宏大量,宽恕了我,我愿意做牛马为报,不胜感恩戴德。"夫差说:"我要是一心要报仇,你就活不到今天!"伍子胥在边上,怒目圆睁,跟夫差说:"飞鸟在天上,还要拿弓箭射它,何况落到了院子里。勾践这个人阴险狡诈,现在假意投降,奴颜婢膝的,一旦得志,后患无穷啊!"夫差说:"常言道杀投降的人,三代没有好报。我不是要宽恕他,是怕遭报应。"伯嚭说:"伍子胥只知道一时的事情,大王才是有安国定邦的深谋远见啊。"夫差接受了礼物,命人在阖间的墓边建了一个小石屋,让勾践夫妇住在那里,蓬头垢面,去养马。他们全靠伯嚭偶尔送点吃的来,才没饿死。夫差每次外出,勾践都在前面牵马,路人指指点点,说:"看啊,这就是越王。"勾践只能低头不语。范蠡服侍勾践如故。夫差经常派人暗中观察,见勾践穿着脏衣服,坐在树桩上喂马,夫人也穿得破破烂烂,打扫马粪,范蠡拾柴做饭,面无表情。晚上也听不到叹息埋怨,看不出有思念越国的情绪。

一天,夫差登台,远远看见勾践等坐在马厩里,君臣、夫妇礼仪尚存。夫差跟伯嚭说:"越王不过是个小国家的国君,范蠡也是个寒士。在这种穷困之地,还不乱君臣之礼。我很佩服啊。"伯嚭说:"不但可敬,也可怜啊。"夫差说:"你说得对啊,我都不忍心看了。要是他诚心悔过,我赦免他行吗?"伯嚭说:"常言道好人有好报,您以圣王之心来体谅他们,怎么可能没有好的回报呢?"夫差说:"那就叫人选个吉日,赦免他们回国去吧。"伯嚭暗地里派人告知勾践,范蠡算一卦,说:"虽然有这个好消息,还不能高兴得太早。"

果然,伍子胥听说要赦免勾践,赶紧来见吴王,他说:"从前夏桀抓了汤王不杀,纣王抓了文王不杀,结果反而被灭国。天道往返,福祸不定啊。现在您抓住了越王,又不杀他,就不怕重蹈覆辙吗?"夫差听了这话,大吃一惊,有了杀勾践的想法,叫人来召见他。伯嚭又赶紧把消息通知勾践,勾践大为害怕。范蠡说:"大王不要担心,吴王三年都没有杀您,现在也不会因为伍子胥的几句话就杀您的。您放心去吧。"勾践在宫门外跪等吴王接见,三天后伯嚭才出来,说:"本来,吴王听信了伍子胥的话,要杀你,现在他感染风寒,病了。我跟他说要做宽恕之事来消灾,他答应放你回去了。"勾践感恩不已。又过了三个月,夫差的病还没有好。范蠡又算了一卦,他对勾践说:"我看卦象,吴王命不该死,病就要转好了。这个时候,您去求见,探望病情。要是有机会入见,就请求尝他的粪便,再恭贺他病愈之事,到时候病好了,吴王一定感激你,就会赦免你了。"勾践哭着说:"我虽然没用,好歹是个国君,现在叫我去尝他的粪便,怎么能忍受啊!"范蠡说:"吴王有妇人之仁,没有大丈夫的魄力,现在他有心不杀你,只是伍子胥从中作梗,您不这么做,怎么能让他可怜您?要做大事,不拘小节。"于是勾践去见吴王探病,并尝了吴王的粪便,对吴王贺喜说:"恭喜大王,您的病马上就会好起来了。"夫差问:"你怎么知道的?"勾践说:"我也曾经学过医术。刚才尝了您的粪便,味道苦而酸,正应了春夏生发之气。这是好兆头啊。"夫差感动地说:"你真是仁爱啊,哪有臣子服侍国君到这个地步的啊!不要说伯嚭不能了,就是太子也不能啊。"他把勾践放回石屋,并说:"等我病好了,就放你们回去。"过了几天,夫差病好了,设宴招待勾践。答应三日之内,放他回国。

　　伍子胥听说了,又来劝谏。夫差很不高兴,说:"我病了三个月,你没有说一句宽慰的话,就是不忠,没有送过一样好东西,就是不仁。越王抛弃自己的国家来服侍我,贡献财物,这就是忠心,他又尝我粪便,这就是仁。我要是还杀他,老天也不会原谅我的。"伍子胥说:"您真是糊涂啊,老虎曲其身子,就是要进攻。越王怀恨在心,他尝你粪便,就是吃你心肝啊,您可不能上当啊!"夫差还是听不进去,伍子胥郁郁而退。

三天之后,夫差设宴为勾践饯行,终于把一只猛虎放归山林了。

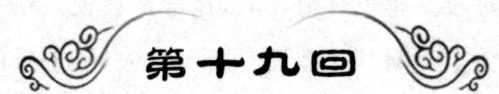

第十九回

卧薪尝胆越称霸
听信谗言吴亡国

话说夫差一时心软，放了勾践回国。勾践不敢耽搁，一路急行，不几天就看到了越国的山水。文种早就知道了消息，带领大臣和百姓前来迎接，欢声雷动，不在话下。勾践心中惦念在会稽吃败仗的耻辱，想迁都到那里，提醒自己不忘雪耻。范蠡上观天文、下察地理，负责建造新都。他特意把西北角的防御空缺不建，声称："越国已经臣服吴国，不敢阻塞进贡的道路。"实际上是为了进攻的方便。

都城建好，勾践对大臣们说："我实在没有才德，导致国破家亡，要是没有你们辅佐，哪有今天？"范蠡说："天不灭越，就是大王的福气。只要您时刻不忘在吴国受的耻辱，越国就会复兴。"勾践任用文种治理国家，又让范蠡训练军队，礼贤下士、勤政爱民，受到百姓的爱戴。他报仇心切，日夜工作，困得眼睛要合起来了，就敷上辣椒水，脚怕冷要缩起来，就用水浇，冬天还抱着冰块，夏天烤着火炉，用柴草铺床，又在屋子里悬挂一颗苦胆，坐卧起居，吃饭之前，都尝一尝。

勾践卧薪尝胆

　　由于越国打了败仗,人口减少,勾践就鼓励生育。勾践自己耕种土地,夫人亲自织布,与老百姓一同劳作。七年不收赋税。勾践吃粗茶淡饭,穿得也很朴素。但每个月都派人去问候吴王,又派人进山采葛做出精美的衣服献给吴王。吴王给勾践八百多里封地,嘉奖他的忠心。勾践以十万匹布,一百坛蜜,五十双狐皮等答谢,夫差更加高兴。伍子胥听后,气愤不已,称病不上朝。夫差看到越王臣服无二心,更加相信伯嚭。君臣二人,只知道寻欢作乐。

　　文种听说夫差要建宫室,对勾践说:"您要报仇,就要先投其所好,然后才能置他于死地。"勾践说:"投其所好并不难,置他于死地就不那么容易了。"文种说:"我有个办法打败吴国:第一,进贡钱财,取悦吴国君臣;第二,借贷粮食,削弱他们的储备;第三,进献美女,扰乱他们的斗志;第四,派能工巧匠给他们修建宫室,耗费他们的钱财;第五,派奸臣去打乱他们的谋略;第六,用离间计杀掉忠臣,使他们无能人;第七,我们自己积累财富,操练兵马。"勾践说:"好啊! 先用哪条计策呢?"文种说:"现在吴王正要建姑苏台,我们先选上等木材进贡。"于是,夫差得到越国上等木材,积聚三年,兴建五年,建成三百丈高,四十八丈宽的姑苏台,登台可远望二百里。老百姓昼夜劳作,不知死了多少。

　　越王对文种说:"高台之上,必须有歌舞之乐。你想想办法吧。"于是文种遍访越国民间,寻找美女,百里挑一,选出两位绝色人物,一个叫西施,一个叫郑旦。勾践以百金聘来,送她们拜名师学习歌舞,然后进贡给吴王。当时,吴王趁齐鲁打仗，出兵攻打齐国，正好班师回国。范蠡入见，对夫差说："我王勾践忙于国政，不能亲自来服侍您，愧疚不已。从国内找到两位绝色佳人，来给您当丫鬟。"夫差一见，以为是仙女下凡，早就神魂颠倒了。伍子胥说："美女是亡国之物，您不能接受啊！"夫差说："好色是人的本性，越王得了美女不自己享用，而献给我，足以说明他的忠心，相国就不要多疑了。"夫差尤其喜欢西施，天天与她在姑苏台上寻欢作乐，又四季出游，流连忘返，不再操心家国大事。只有伯嚭常常伴随左右，伍子胥连夫差的面也见不到。

勾践知道美人计成功了，又找文种商议。文种说："国以民为本，民以食为天。今年我们粮食歉收，您可以跟吴王借贷。"勾践说："好，那就派你去借吧。"文种带了礼物，先见伯嚭，由伯嚭领着去姑苏台见夫差。文种求以借粮之事。夫差说："越国已经臣服，越国子民就是吴国子民，现在他们挨饿，我怎么能不救济呢。"伍子胥听说文种来借粮，赶紧赶来，对夫差说："万万不可啊，我看越国不是真的缺粮，他们借贷，是想使我们的仓库空虚啊。"吴王说："勾践臣服我，给我牵马，诸侯都知道。现在我准许他复国，犹如再生之恩，他进贡从来没断过，哪里有背叛的危险？"伍子胥说："我听说越王勤于朝政，体恤百姓，爱好士兵，这是要报仇啊。你现在又借粮给他，我怕吴国不保啊！"吴王说："勾践已经称臣，哪有臣子攻打国君的？"伍子胥说："汤伐桀，武王伐纣，哪一个不是臣子攻打国君？"伯嚭说："相国这话就不对了，怎么能拿桀纣来与吴王相提并论呢？再说，越国年年来进贡，等明年如数奉还了,我们又不少什么,还能有恩于他们,有什么不好?"夫差跟文种说:"就这么定了,你们明年一定要如数奉还!"勾践得了粮食,借贷给穷困百姓,百姓无不感恩戴德。第二年,越国稻谷丰收。文种对勾践说:"我们应当选精良的稻子,蒸好后还给吴国,他们看到稻谷好,肯定选做种子,这样就颗粒无收了。"吴王果然中计,第二年吴国颗粒无收,吴王还以为是水土不同的缘故呢。

勾践看到连着好几个计策得逞,有心要起兵。文种说:"还不到时候,吴国还有伍子胥在。"范蠡说:"士兵还需要精练。"他们请来了两个隐居的武林高手训练士兵。伍子胥听说后赶紧报告夫差,夫差打探属实,问伯嚭:"越国都臣服了,还苦练精兵做什么?"伯嚭说:"虽然臣服了,但地域广阔,也需要守卫吧。"夫差还是不放心,起了攻打越国的心思。

这时,北方的鲁国和齐国开战了,鲁国请吴国出兵相助。夫差想起上次攻打齐国,无功而返,同意出兵,又担心越国趁机攻吴,想先灭越国。勾践听说这事,派兵来助夫差出征,好让夫差放心自己。于是,夫差大举伐齐。伍子胥又来劝阻:"越国是我心腹大患,齐国不过是个小疮疤,现在您兴师动众,去打齐国,恐怕小疮没除掉,大祸就来了。"夫差大怒,说:"我出兵的时间都定好了,你这个老贼又来捣乱,该当何罪!"有意要杀伍子胥。伯嚭说:"他是先王的老臣,您杀他恐怕不好,不如让他前去齐国宣战,借刀杀人。"夫差说:"这个办法好。"于是写了一封措辞激烈的宣战书,派伍子胥送到齐国。伍子胥知道吴国肯定要亡了,悄悄带着他的儿子一起走。齐简公果然大怒,要杀伍子胥。大臣鲍息的父亲是伍子胥的老朋友,鲍息对简公说:"伍子胥是吴国的忠臣,已经跟吴王闹翻了,吴王派他来,就是要借刀杀人,我们不能上当,不如好礼相待,放他回去,让他们君臣相互内斗,让夫差得个杀忠臣的恶名。"齐简公以为有理。鲍息私下见伍子胥,问及吴国情况,伍子胥流泪不说话,只是把儿子托付给他。鲍息知道伍子胥是要以死相谏了。

伍子胥回报,中途遇见吴国大军,他假装生病,没有同去。吴国大军由夫差亲自率领,与鲁国合力攻打齐国,几仗下来,齐国十万大军抵挡不住,主将自杀。齐简公大惊,向两国求和,夫差调停好齐鲁的关系,两国国君无不听从,这才班师回国。夫差回国,上朝,群臣贺喜,伍子胥也到场了,却没有说一句话。夫差对他说:"你劝谏我不要打齐国,现在我得胜归来,你一点功劳也没有,不觉得羞愧吗?"伍子胥说:"天要亡你,先给你小小喜悦,大祸就要来了。"夫差说:"我几天不见你,耳边倒是清净,你又来唠叨!"不欢而散。过了几天,勾践带着大臣来朝,恭贺吴王获胜。夫差说:"常言道国君不忘有功之臣。太宰治军有方,应该奖赏;越王派兵助我,也应该增加封赏,大家觉得怎样啊?"众人都说:"大王赏罚分明,真是英明啊。"只有伍子胥伏地而哭,说:"忠言听不进,小人到处都是,是非曲直都颠倒了,我怕吴国要亡啊。"夫差大怒:"你这个老贼,就是我吴国的妖孽,我看在先王的面子上,不杀你,你回去好好想想吧!"伍子胥走后,伯嚭说:"我听说伍子胥把儿子托付给齐国了,这是有叛乱之心啊。愿大王明察!"夫差派人给伍子胥送去"属镂"剑,伍子胥叹道:"吴王想让我自杀啊。天啊,当时先王不想立你夫差继位,都是我劝说成功的,我为你打败了楚国、越国,现在不听我的话,反让我死。我今天一死,明天越兵就会到了!"伍子胥对下人说:"我死后,把我眼睛挖下来挂在东门,我要看着越兵进城!"夫差听后,就叫人割下伍子胥的头,但是没有挂在东门,而是挂在南门。

伍子胥死后,夫差越发骄横,派了几万兵卒修筑邗城,挖邗沟,亲自带领精兵北上,约了鲁哀公、卫出公等人,在黄池召开诸侯大会,要与晋国争盟主之位。勾践听说吴王带着大部队北上了,认为时机到了,发兵攻打吴国。结果这一仗吴国大败,太子友被杀,姑苏台被烧。太子地坚守不战,一面派人给夫差送信。夫差正忙着同晋国争盟主,得到消息也不敢草率行动,等盟会完毕,才急急班师来救。途中连连得到急报,军士知道家国被偷袭,军心不稳,加上长途跋涉,不堪疲劳,毫无斗志,同越军一战就败。夫差派伯嚭去求和,范蠡说:"还不到灭吴的时候,先答应他们求和吧,吴国振作不起来了。"

吴王自败兵之后,不思悔改,苟且偷安,同伯嚭等奸臣寻欢作乐,不理朝政。吴国连年天灾,民心不稳。勾践听说后,又发大军来攻打。勾践志在灭吴,传令军队:"父子都在军中的,父亲回去;兄弟都在军中的,兄长回去;有父母没有兄弟的,回去赡养老人;有疾病不能打仗的,回去养病。"士兵欢声雷动,愿以死相报。越军分作几路,悄悄逼近吴军,半夜发动进攻,夫差正在睡觉,被打得措手不及,大败而逃。勾践紧追在后,夫差回头再战,又败,一连三战三败。夫差紧闭都城之门,勾践将他团团围住。伯嚭假说有病,不敢来见夫差,夫差只好派大臣王孙骆到越王那里请降。勾践听了有些不忍心,有动摇之意。范蠡说:"大王二十年来早起晚睡为的是什么?现在胜利在望,怎么能放弃?"吴国使者往返七次,全靠范蠡在旁坚持,勾践才没有赦免吴王。勾践终于下令攻城,吴兵毫无战斗力。越兵从南门进攻,风雷大作,飞沙走石,士兵受伤无数,不能进入。范蠡、文种都梦见伍子胥跟他们说:"我早就知道越兵要来,所以想要把头悬在东门,看着你们入城。吴王把我头悬在南门,我忠心还在,不忍心看你们从南门攻入,所以兴风作雨,你们还是从东门攻城吧。"吴王听说越兵杀入,伯嚭投降,仓皇出逃。文种范蠡紧追不放。夫差把一封信系在箭上,射入军营,文种等人打开一看,只见写着:"常言道'狡兔死走狗烹',要是敌国灭了,谋臣也没有好下场,你们何不留我吴国一条生路?"文种回信说:"你有六大过错:第一条,杀忠臣伍子胥;第二条,杀直言者公孙圣;第三条,信任伯嚭;第四条,齐晋没有得罪你,你却几次讨伐;第五条,吴越相邻,吴国却几次征伐越国;第六条,越国杀了吴国先王,你不知道报仇,却养虎为患。有这六大过错,还想免死吗?以前,老天把越国赐给吴国,你不要,现在又把吴国赐给越国,我们怎么能违背天意?"吴王得书,知道自己咎由自取,在劫难逃,哭着对左右说:"我错杀了伍子胥,死了也没脸去见他,我死后,你们用纱布盖住我的脸。"说完,拔出佩剑,自杀而亡。勾践命人厚葬他。

　　勾践灭了吴国，安定吴国百姓，乘胜引兵北上，同齐、晋、宋、鲁等诸侯会盟于舒州，被尊为霸主。回国大宴群臣，面无喜色。范蠡知道越王已经有了猜忌之心，第二天便告老还乡，从此浪迹江湖，行踪不定。文种不知进退，最后落了个"敌国破谋臣亡"的悲惨下场，被勾践赐死。

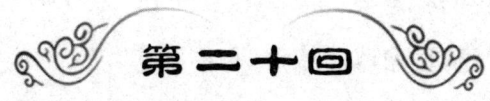

第二十回

智伯瑶贪心灭族
赵魏韩三家分晋

上回说到越国勾践打败了吴王夫差,成就霸业,他在位27年。有一种说法把勾践也当作春秋五霸之一,自勾践之后,再也没有一个国君能做霸主了,天下进入了各国争雄的局面。我们先从中原的老霸主晋国说起。

晋国原来有六卿,后来两家被灭,只剩下智、赵、魏、韩四家。当时四卿专权,国君晋出公反而弱小,他请求齐国鲁国帮助讨伐四卿。两国反把这阴谋告诉了智伯瑶,智伯同韩康子虎、魏桓子驹、赵襄子无恤商议,合四家之力,驱逐了晋出公,重新立了个国君晋哀公。这样晋国的大权就更加落在四家手里了,其中尤其以智伯最为有势力。智伯瑶野心勃勃,有了篡国的想法。

话说智伯瑶,是智宣子徐吾的儿子,当年徐吾选接班人,问族人智果:"你看智瑶这个人怎么样?"智果说:"不如宵。"徐吾说:"可是宵的才智都不如瑶啊。"智果说:"智瑶这个人,有五个长处,一是相貌堂堂,二是武艺高强,三是多才多艺,四是敢作敢为,五是足智善谋。但他有一个短处,就是贪婪残暴。有这五个长处加上贪婪残暴,这个人就非常可怕了,要是立他,我们智家就完了。"徐吾不听,立了智瑶。智果怕以后祸及自家,偷偷改了族谱,自称辅氏。

果然,瑶当权之后,左右谋臣猛将不少,权倾一时,晋国大小事都是他说了算,就有了取而代之的想法。谋士絺疵说:"四卿实力相当,一家先发,三家就会合起来抵抗。要想谋得晋国,就要先削弱三家。"智伯问:"你有什么办法?"絺疵说:"现在越国称霸,晋国失去了霸主的地位,我们不妨借口讨伐越国,假传晋君的命令,要各国献地五百里作资助,他们要是服从了,我们就白白得了土地,增强了实力,哪家要是不同意,我们就联合另外两家去讨伐,先灭了它。"智伯说:"这个主意好,先从哪家开始?"絺疵说:"我们同韩魏的关系好,同赵家有仇,先从韩魏开始,要是他们同意了,不怕赵家不同意。"

智伯就派智开去韩虎那里提这件事。韩虎说:"你先回去,我过两天当面回复智伯。"他同谋臣商议此事,谋士段规说:"智伯贪得无厌,假借国君的名义来削弱我们,要是反抗他,就是抗君命,他就会来讨伐我们。我看不如给他,他得了我们的土地,肯定会接着跟魏赵要,等两家不同意,打起来了,我们坐山观虎斗。"第二天,韩虎把地图给智伯送过去。智伯款待他,段规也在。席间,智伯直呼韩虎的名字。段规说:"按照礼制,您不能直接叫名字,太过分了!"段规个子矮小,才到智伯的胸口,智伯拍着他的头说:"你个小毛孩,知道什么?"段规看看韩虎,韩虎假装喝醉了,说:"智伯说得对。"他们走后,智果说:"您侮辱他们,韩虎肯定恨您,要不防备,恐怕有祸啊!"智伯说:"我不祸害人就不错了,谁敢来害我?"

第二天,智伯又派智开去魏驹那里。魏驹想拒绝他,谋臣任章劝他说:"把地给他吧!失去土地的人会害怕,得到土地的人会骄傲,害怕的人就会团结起来,骄傲的人会轻敌。智家离灭亡也就不远了。"魏驹也把地给了智伯。

智伯又派他的哥哥智宵到赵无恤那里要地。赵无恤和智伯有仇,旧恨未消,眼看又欺负到头上来了,愤怒地说:"土地是祖宗传下来的,怎么能随便给人! 韩魏有土地给人,我们赵家没有!"智伯听到回报,大怒,派了智家的军队,又邀请了韩魏两家一起攻打赵家,约定到时候三家瓜分赵家地盘。赵家谋臣已经知道三家合兵来攻打,赶紧告诉赵无恤快跑。赵无恤想起父亲曾说如果有难,可以跑到晋阳去。原来晋阳先由董安修筑了宫殿,又经过尹铎的治理,很受百姓拥护。赵无恤当即往晋阳跑去。晋阳百姓出城迎接。赵无恤看到百姓爱戴,城墙高厚,粮食也充足,才略微安心。他发现城内兵器很少,就担心,谋臣孟谈跟他说:"我听说董安筑宫殿的时候,墙体内有材料可用作箭杆,柱子都是用铜做的,可以化了做兵器。您何不马上打造?"无恤果然准备了足够的武器。感叹说:"董安和尹铎真是贤人啊,一个替我准备兵器,一个为我收买民心。"

再说三家把晋阳围得水泄不通。赵无恤跟孟谈商量退兵之策,孟谈说:"敌众我寡,打是打不过的,好在晋阳城坚固,粮食也充足,我们先做好防守。韩魏两家同我们赵家没有深仇大恨,他们不过是被智伯胁迫来的。他们又刚刚割地给智伯,还怀恨在心。他们不同心,不用几个月,就相互猜忌了。"赵无恤于是勉励将士好好守城,妇女和儿童也纷纷参加其中。三家围了一年多,也没有打进去。智伯绕城巡视,正思考破城之计,来到一座山前,见万道泉水向东流去。打听才知道,这是龙山,晋水的发源地,离晋阳城十里地。智伯由此想到了破城方法。他回大营找韩魏两家商议,要引水灌城。智伯说:"晋水发源于龙山,我们在山北面的高地掘出蓄水渠,将晋水上游截断,水就往新挖的水渠流去。现在春雨就要来了,水势会大起来,等到水蓄满了,我们就决堤灌城,到时候赵无恤就成了鱼鳖了。"韩魏都叫好。于是分派韩家把守东路,魏家把守南路,他自己把守西北两路,并负责挖沟筑坝。一个月后,水就灌入晋阳城了。赵无恤看到情况紧急,找来孟谈商量,他对孟谈说:"虽然民心还算安稳,不过水要是不退,我们可就完了。"孟谈说:"为今之计,只有说服韩魏两家反攻智伯,我们才能脱险。我今晚就秘密出城去说服他们。"

夜里,孟谈扮作智伯的士兵先来见韩虎。他对韩虎说:"以前晋国有六卿,现在只存四家。智伯无故要夺我赵家土地,我家主公不肯给他,并不算得罪他,他仗着自己强大,纠集了你们两家来攻打赵家,要是赵家灭亡了,下一个灭亡的就是你们。"韩虎默不作声。孟谈又说:"现在你们跟智伯一起攻打赵家,就是想等灭了赵家之后,可以瓜分赵家的地盘。你们不是已经割地给智伯了吗?你们祖传的地方他都能抢走,何况赵家的地方?到时候他独占了,你们又有什么办法?

就算先分给你们了,难保以后他不抢走,您要三思啊!"韩虎问:"那你想怎么办?"孟谈说:"我看不如你们同我家主公联合,反攻智伯,把他的地盘瓜分了。智家的地方大,你们得到的也多,又除掉了日后的祸患,不是更好吗?"韩虎跟段规商量,段规对智伯正怀恨在心,不但完全赞同这个计策,还跟孟谈成了好朋友。段规又去见魏驹,把这事一说,魏驹说:"我早就恨透智伯了! 就是怕打虎不成反被咬啊。"段规说:"智伯肯定容不下我们两家,这是铁定的。与其日后后悔,不如现在当机立断!"魏驹还是有点犹豫,只说你过两天等我消息。

也巧,第二天,智伯眼看着晋阳就要守不住了,很高兴,宴请韩魏两家。他高兴地指着地图说:"我今天才知道水可以灭国啊。我们晋国有汾、浍、晋、绛四条大河,可说是天险,我看不足凭借,反而容易招来灭国之祸啊。"韩虎魏驹面面相觑,默不作声。宴席散后,絺疵对智伯说:"韩魏两家要造反啊!"智伯问:"你怎么知道?"絺疵说:"您跟他们约好灭了赵之后,三分地盘,眼看着就要得到土地了,他们不高兴,反而心事重重,这就是要反啊! 您刚才又说水可以灭国,韩魏两家的都城外有汾水、绛水流过,他们能不担忧么?"第二天,韩魏反请智伯,智伯说:"我性子直率,昨天有人说你们要造反,有没有这回事啊?"韩魏问:"您相信吗?"智伯说:"我要是相信,还能问你们吗?"韩虎说:"有传言赵无恤用重金收买我们,没有的事。这是他们用的离间计啊,您不要相信啊!"魏驹说:"就是,现在赵家就要被灭了,我们马上获胜得地,高兴还来不及呢,哪里会造反?"智伯说:"就是,我就知道你们不会。"他们还发誓互不猜疑。智伯把发誓经过告诉了絺疵,絺疵知道大事不妙,悄悄地逃跑了。

再说韩虎魏驹回去一商量,觉得智伯开始怀疑了,万一他做了准备,就大事不妙。赶紧找来谋臣合计妥当,定于明晚半夜里应外合,杀他个措手不及。第二天半夜,韩魏先暗中派人将水渠反面的坝挖掉,水反而冲向智伯的军营,智伯军队都在睡觉,还不明白怎么回事,就被冲个七零八落,惊魂未定,忽然韩魏两家士兵乘着小船杀来,只听喊杀声声,智伯叫苦不迭,好在有勇士相救,才得逃脱。哪料到,刚逃出了韩魏两家的战场,又遇见赵无恤从城内杀来,迎头赶上,被赵无恤抓个正着。赵无恤历数智伯罪状,将他砍杀。智伯残兵败将,更是给杀得落花流水。三家又商量把智氏一家都灭了,防止死灰复燃。只有智果,有先见之明,改了姓氏,才逃过此劫。赵魏韩把智家地盘瓜分,不在话下。

智伯死后,他的手下勇士豫让一直要刺杀赵无恤报仇,虽然没有成功,不过不久赵无恤也病死了。赵无恤临死前跟儿子说:"三家灭了智家,土地更多了,百姓也拥戴,应该趁机废了晋国国君,三分晋国,各立宗庙。要是等到晋国再出一个贤明国君,我们赵家的地位就不保了。"于是,赵魏韩三家一商量,把晋国瓜分了。三国称为三晋,都是后来的战国七雄之一。

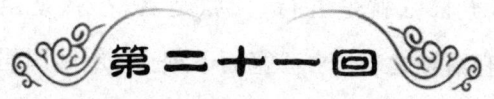

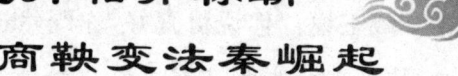

上回说到晋国国君弱小无能,被赵魏韩三家瓜分。类似情况在齐国也出现了,早在三家分晋之前,齐国的田和就已经掌握了国政,自称齐侯,他的儿子承袭侯爵,掌握齐国,等到他的孙子接管齐国,看到吴国越国都称王了,干脆也称王,他就是齐威王。

齐威王做国君后,只知道寻欢作乐,尤其爱听音乐。他根本不打理朝政,此后九年,邻国韩、魏、鲁、赵四国经常派兵来攻打,每仗必败。一天,有一个人来求见,自称邹忌,非常精通古琴,听说威王爱好音乐,特地来献艺。威王召见了他,给他赐座,命他弹琴。邹忌看了看放在面前的琴,只轻轻拂了一下,并不弹。威王问:"听说先生善于弹琴,我很想听,您为什么不弹啊?难道是这把琴不够好吗?"邹忌郑重地回答说:"我通晓的是琴理,虽然乐工的手段也有,但不敢弹。"威王说:"琴理怎么回事,你说来听听。"邹忌说:"琴,就是禁。禁止荒淫无耻、放纵无度,使人回归正道。伏羲制作琴,长三尺六寸六分,象征一年三百六十六天,宽六寸,象征东西南北上下六个方位,前面宽后面窄,象征有尊有卑,上圆下方依照天地而来,五根弦就是五行,大弦是君,小弦是臣,声音因缓急不同而有清浊之分,浊音宽而不松弛,是做国君的道,清音急而不乱,是做臣子的道,君臣相得,政令和谐,治理国家,就如同弹琴。"威王说:"你说得真好,你既然这么通琴理,肯定也善于弹,快弹来我听听。"邹忌说:"我是弹琴的,当然懂得弹琴的道理。您是治理国家的,难道不知道治国的道理吗?现在您放着国家不管,跟我有琴不弹有什么不同?我不弹琴,就不能使您满意,您不治理国家,恐怕老百姓也不会满意吧?"威王愣了会儿,反应过来,说:"原来你是用弹琴来劝谏我啊,我明白了!"于是,他沐浴更衣,再跟邹忌谈论国事,邹忌应对自如,威王拜他为相。

有个善于辩论的人,叫淳于髡,他听说邹忌这么容易就做了相国,心中不服,跟他的徒弟一起去拜会邹忌。邹忌十分恭敬地接待他。淳于髡满脸傲气,跟邹忌说:"我有个想法,想跟你谈谈,可以吗?"邹忌说:"好啊,你请说。"淳于髡说:"儿子不能离开母亲,妻子不能离开丈夫。"邹忌说:"说得好,我不敢远离国君。"淳于髡说:"车轮抹上猪油就滑了,陷入方孔就转不动。"邹忌说:"说得好,我不敢不顺应人情。"淳于髡说:"弓虽然粘得牢固,有时也会散架;河水东流入海,自然而成。"邹忌说:"说得好,我不敢不亲近百姓。"淳于髡说:"狐裘大衣即使破了,也不能用狗皮去补。"邹忌说:"说得好,我一定选用贤才,不能混杂败类。"淳于髡说:"车轮和车身不计较尺寸,不能做成车,琴瑟不弹出缓急,不能成音乐。"邹忌说:"说得好,我一定明修律法,监督官吏。"淳于髡默不作声,行礼告辞。弟子奇怪,问:"你来的时候那么傲慢,走的时候怎么那么谦逊呢?"淳于髡说:"我以五件小事问他,他用治国之法回答,都中我的意,邹忌确实有才能,我不及他。"

其他善辩的人听说后,都不敢来齐国谋求相位。邹忌当相国后,任用良将镇守四方,敌国不敢来犯,国内治理得井井有条,诸侯敬服。齐威王封他做成侯。邹忌跟他说:"以前五霸之中,名声最大的要数齐桓公和晋文公,就是因为他们都尊崇周朝天子。现在虽然周室衰微了,但是天子还在,您不如去拜望他,借他的权威来震慑诸侯,可以成就霸业。"威王说:"我也已经称王了,王还能朝见王吗?"邹忌说:"您称王,是比诸侯强,不是要跟天子比。你朝拜他时,可以自称齐侯,天子一定高兴,还会封赏你呢!"于是,威王去朝拜周天子。周天子好多年都不见有人来朝拜了,非常高兴,给了很多赏赐。威王回来,更加受到各国的尊崇了。

当时诸国割据,大的有七个:齐、楚、燕、韩、赵、魏、秦,称为战国七雄。小国就更多了。除了楚国和秦国地处边远外,五国都推齐国为盟主。现在,我们来说说处在西北偏远之地的秦国是如何崛起的。据说秦献公在世时,有一次下了三天黄金雨,都以为祥瑞,秦国要出天子了。献公死后,太子继位,是秦孝公,他因为秦国贫困落后,不能与中原诸国争霸而感到羞耻,下令招贤。果然找来一位大贤人公孙鞅。

这公孙鞅原来是卫国人,又叫卫鞅,后来称为商鞅,他喜好刑名之学,有用法律治理国家的才干。他看到卫国弱小,不足以施展自己的才华,就跑到魏国投奔了相国公叔痤。公叔痤知道他很有才，每遇到大事，都跟他商量，公孙鞅出谋划策，都很成功。公叔痤想加以重用，还没有来得及跟魏王推荐，就病了。公叔痤临死，魏王去看他，垂泪问道："你万一不行了，我该把国家托付给谁呢？"公叔痤说："卫鞅这个人虽然年纪不大，但是很有谋略，可以托付给他。他比我强十倍。"魏王不说话。公叔痤又说："如果您不用他，就杀了他，千万别让他跑到别的国家去。"魏王走后，卫鞅来见，公叔痤说："我已经向魏王推荐你了，还告诉他要是不用你，就把你杀了，不要让你跑。我跟他说，是尽忠，现在跟你说，是有义。我看他不能用你，你赶紧跑吧。"卫鞅听说秦国正在招揽人才，就跑去秦国了。

卫鞅到了秦国，先投靠大臣景监。景监跟他谈论治国方略，发现他确实是个人才，推荐给孝公。孝公问他治理国家的方法。卫鞅列举伏羲黄帝尧舜等人的贤明来回答，话还没有说完，孝公已经睡着了。第二天，孝公对景监说："你推荐的人，是个骗子，净说些没用的东西。"景监回去问卫鞅："你见了我们大王，说得怎么都是迂阔的话呢？"卫鞅说："我是希望他行帝道，没想到他不明白。我想再见他一次。"过了五天，景监又带着他去见孝公。这回，卫鞅滔滔不绝，谈论起大禹治水、商汤伐夏桀的历史。孝公说："你真是见识广博，但是古今情况不一样，你说的恐怕现在没什么用吧？"卫鞅出去后，景监问："这回怎么样？"卫鞅说："我这回告诉他王道，看来他也不满意。"景监说："做国君的求人才，就想要立竿见影的效果，你怎么老说一些不着边际的话呢？"卫鞅说："我是怕秦王志向高，所以先用远大志向来说，现在我知道他的心思了，你设法让我再见他一次，保证可以成功。"

景监虽然有些不满，还是设法给他谋得了这个机会。卫鞅入见，孝公问："我听景监说你有让我称霸的方法，怎么不早说？"卫鞅说："不是我不想说。称霸之道和帝王之道相反。帝王之道在于顺应民心，称霸之道却要逆民心。"孝公生气地说："怎么讲？"卫鞅说："老百姓都安于现状，不考虑长远利益。要行霸道，就要改变他们的现状，像管仲在齐国做的那样，老百姓不习惯，当然不满意。只有等到国家富裕强大了，老百姓看到效果了，也得到好处了，才表示钦佩。"孝公说："你要是有管仲的才能，我就把秦国托付给你，不知道你想怎么办？"卫鞅说："国家不富裕，不能打仗。军队不强大，不能打败敌人。要想富裕，就要在农业上下功夫，要想强大，就要先休战。用重赏来引诱百姓，让他做我们希望他做的事，用重的刑法来禁止他做我们不让他做的事情。赏罚分明，国家一定会富强。"孝公说："好啊，这样我能做到。"卫鞅又说："强国的方法，没有合适的人来推行不行，有了合适的人而不信任他，也不行。信任他，又听信小人的谗言，也不行。"孝公说："好！"卫鞅让孝公思考三天。三天之后，孝公派车来接，正式任用卫鞅做左庶长，并下令说："以后左庶长的命令就是我的命令，谁要是不听，就是违抗旨意。"

卫鞅将变法措施拟定之后，上报孝公，获得批准。诏书还没有张贴出去，卫鞅怕老百姓不相信，他想了个办法。他命人在咸阳南门竖了一根三丈长的杆子，下命令说要是有人能把这杆子背到北门,赏十金。围观的百姓很多,但是大家不知道怎么回事,没有人敢背。卫鞅把赏金提高到五十金,大家议论纷纷。这时有个小伙子出来说:"我试试,大不了白背一趟,总不会有什么坏处吧?"他把木杆背到北门,果然得了五十金。百姓这才明白,卫鞅是说话算话,有令必行的。次日,卫鞅颁布了新令,包括迁移、开发边疆、交税、征兵等等,大多是跟百姓生活了几百年的传统完全不一样的,大家议论纷纷,不肯照办。卫鞅又叫人逮捕了不少议论的和不服从的,都受到重罚,官吏和贵族也不例外,太子不照新政行事,卫鞅就把太子的老师处罚了。大家害怕了,只好照办。新政之后,秦国被分为三十一个县,开垦荒田不知道有多少,税收增加到几百万。由于律法严格,国家盗贼灭迹,作战却非常勇敢。秦国由此富强起来,诸侯反而比不上它。于是孝公兴兵攻打楚国,拓展了六百多里国土。周天子只好封他为伯,诸侯无不前来恭贺,表示敬服。

后来,卫鞅又率军攻打魏国,大获全胜,取了商于等十五城。孝公封他为商君,所以他又被叫作商鞅。孝公死后,太子继位,商鞅变法早就得罪了好多人,于是他被五马分尸。虽然商鞅下场很惨,但秦国从此崛起,为日后统一中国奠定了基础。

商鞅立柱树威信

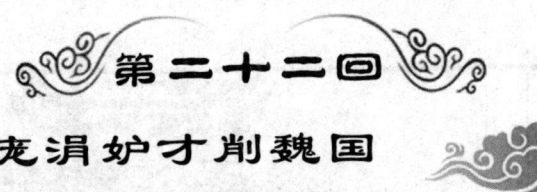

第二十二回
庞涓妒才削魏国
孙膑奇计强齐国

　　战国人才辈出,上回讲到邹忌和商鞅,是治国能臣,战国也有不少善于带兵打仗的将才,有两个人尤其有名,他们原来是同学,后来成了敌手,这就是庞涓和孙膑。孙膑原名孙宾,他们是鬼谷子的学生,跟着他学习兵法,就结拜成兄弟。

　　庞涓学了三年,自以为很了不得了。他听说魏国正以高官厚禄招纳人才,想下山。鬼谷子看出他心思,笑着跟他说:"你的时机已经到了,何不下山求取富贵?"庞涓回答说:"我正有这个想法,不知道去得去不得?"先生叫他去山里摘朵花来。正是六月,百花刚刚谢了,庞涓找半天只找到一朵草花,心想这花看着不能成大器,就扔了,又找半天,没有找到,捡回刚才那朵回来见先生。先生跟他说:"这花叫马兜铃,一开十二朵,这是你行好运的年数,你在鬼谷采的,又有些枯萎了,鬼加委,是魏字,你去魏国求富贵吧。但你不想要,又骗我说没找到,说明你以后会骗人,又反被人骗,要当心啊!我送你八个字吧,遇羊则荣,遇马则卒。"庞涓和孙宾告别,对他说:"我们是结拜兄弟,我要是发达了,就推荐你,共享功名。"孙宾问:"此话当真?"庞涓说:"要是骗你,我就死在万箭之下。"两人挥泪而别。

第二天，鬼谷子让弟子轮流给他守夜，轮到孙宾，他给孙宾一卷书："这是你爷爷孙武写的兵法，世上就这一卷了，我做了详细的注解，打仗的方法，都在这里了。庞涓心术不正，我看你忠厚，特地传授给你。"孙宾日夜苦读，三天后先生要回原书，孙宾已经背得滚瓜烂熟了。

再说庞涓来到魏国，去见魏惠王，正好遇见厨师给惠王端上羊肉，他想到鬼谷子说的"遇羊则荣"，心中大喜。惠王问及行军打仗之事，庞涓滔滔不绝，气度不凡，于是拜为元帅，兼任军师。他的儿子庞英，侄子庞葱、庞茅都成了将军。庞涓操练军队，攻打卫国、宋国等小国家，把它们收服。齐国来侵犯，也被庞涓打退。庞涓立下赫赫战功，非常得意。

当时墨子到处云游，来到鬼谷，跟孙宾交谈，发现他的才能，他问："你学业已成，为什么不去建功立业啊?"孙宾告诉他和庞涓约定之事。墨子说："庞涓现在已经做了魏国元帅，我替你去说说。"墨子见了庞涓，看他毫无引荐孙宾的想法，于是直接把孙宾推荐给了惠王。墨子走后，惠王问庞涓："听说你有个同学叫孙宾，得了孙武的秘传，你怎么不推荐给我啊?"庞涓说："我不是不知道他的才能，只是他是齐国人，家族宗亲都在齐国，我怕他不忠心于魏国，所以没有推荐。"惠王说："士为知己者死。你替我把他召来吧。"庞涓心想，我现在独掌魏国的大权，孙宾来了就会跟我夺权。孙宾收到庞涓来信，给鬼谷子看过。鬼谷子看孙宾很想去，就说："你去摘朵山花，我给你占卜凶吉。"孙宾看先生桌上有黄菊，就拔了一枝。鬼谷子说："这花受了伤害，但天性顽强，耐得严寒，供养在瓶子里，受人敬重。我给你改下名字吧。"鬼谷子把宾改为膑。鬼谷子又给孙膑一个锦囊，嘱咐危难时刻，才能打开。

孙膑来到庞涓府上，二人久别重逢，自然欢畅。第二天，庞涓陪同他去见魏王。魏王表达久仰之情，对庞涓说："我想请孙膑做副军师，与你一同掌握兵权，你觉得如何？"庞涓回答说："我同孙膑是结拜兄弟，他是大哥，哪有大哥给弟弟做副手的？不如让他暂时做个宾客，等到建功立业，我甘愿让贤，给他做副手。"魏王准许。自此孙膑与庞涓往来亲密。庞涓听说他得到了鬼谷子的秘传，有意试探他，喝酒的时候谈论兵法，庞涓所言，孙膑都懂，孙膑所言，庞涓有不懂的地方。庞涓问他从哪里学到的，孙膑说是祖传兵法，原书被鬼谷子收回了，只记忆在心中。庞涓心想，得慢慢套出来才是。过了几天，魏王要试试孙膑的才能，命他布阵，孙膑布了一阵，庞涓不认识，私下问他，孙膑说这是"颠倒八卦阵"，并把破阵之法告诉他。魏王问庞涓，庞涓将孙膑的话回答一遍，魏王看庞涓才能不在孙膑之下，非常高兴。

庞涓知道了孙膑比他本领大，心想，我不除他，日后定是祸患。他心生一计。私下问清孙膑家庭亲朋情况，知道他有个从小失散的哥哥在齐国。半年之后，孙膑忽然接见了一个来自齐国的客人，自称给他送来一封信，乃是哥哥写来的。孙膑激动不已，当即写了回信。这人却是庞涓的心腹，庞涓模仿孙膑字迹，伪造了一封书信，结尾有"我现在魏国做官，但心系祖国，要是齐王不嫌弃，我当谋划为国出力"等等字样。然后报告魏王，说孙膑暗中串通齐国，图谋不轨。魏王以为此事还不明了，庞涓又说替他去查探。庞涓见了孙膑，问："听说你收到家兄的来信？"孙膑是个爽快人，将此事说了。庞涓问："兄弟好不容易联系上了，你何不跟魏王请假，回齐国去探望？"孙膑说："怕魏王有疑虑。"庞涓说："我替你去求情，你只管写请假信上去。"庞涓又到魏王处，说明孙膑确有暗通齐国嫌疑，加之孙膑请假信到，魏王深信不疑，将孙膑交给庞涓发落。庞涓又在孙膑面前假装给他求情，魏王才免去他一死，判他刖刑，就是挖去膝盖骨，又在脸上刺字。庞涓又假意收留照顾孙膑。孙膑不知真情，对庞涓感恩戴德，庞涓乘机要孙膑将《孙子兵法》传授给他，于是孙膑就一点一点默写出来。

庞涓派来看管孙膑的人，倒是个中正之人，他知道庞涓的阴谋，不能忍受，将情况告诉孙膑。孙膑恍然大悟，又想到自己现在性命就在庞涓的手心里，不敢表露，想起鬼谷子临行前给的锦囊，打开一看，写着两个字"装疯"。孙膑果然装疯，连这个看守也骗过，孙膑跑到猪圈里与猪为伍，好的食物不吃，却同猪抢食。孙膑装疯，哭笑不定，有时候跑出去两三天才回来。开始时，庞涓还有疑心，叫人暗中观察，时间长了也就放松警惕了。

话说墨子云游到齐国，在田忌家做客。他有个弟子正好从魏国回来，他就打听孙膑的情况，感叹地说："没有想到，我推荐了他，反而是害了他。"于是跟田忌介绍了孙膑的才能，也将庞涓妒忌他一并说出，并且说孙膑肯定是装疯。田忌跟齐威王一商量,决定暗中把孙膑偷回来。他派淳于髡出使魏国,暗中打听到孙膑的下落,与他取得联系,在回国时偷偷带了回来。看管孙膑的人见孙膑不见了,只有脏衣服还在,报告了庞涓,庞涓怕魏王责怪,只说落井死了。他想一个废人,能有什么作为,并没有太放在心里。

孙膑到了齐国,怕被庞涓知道,隐藏在田忌府上。但是齐威王经常和大臣们赛马赌钱,田忌的马总是比不过齐王。孙膑看了比赛,跟他说:"明天你只管下赌注,我保证你赢!"第二天,下好赌注,田忌问孙膑:"你真能让我赢么,我可把身家都压上了。"孙膑说:"齐国的好马,都在齐王那里,你要跟他挨个比,当然比不过他。你们比三次,就有上中下之分,你先用最差的马跟他最好的马比,再用最好的跟他中等的比,最后用中等的跟他差的比。这样输一局赢两局,还是赢。"田忌果然赢了比赛,齐王感到纳闷。田忌把窍门告诉齐王,齐王感叹地说:"这样一件小事,就能看出孙膑的智谋了。"从此对他更加敬重。

再说魏惠王派庞涓攻打赵国,包围了赵国都城邯郸。赵国派人到齐国求救。齐威王知道孙膑的才能,要拜他做大将。孙膑推辞说:"我是个废人,叫废人做大将,会被其他国家笑话齐国无人的。请您让田忌做大将,我做军师吧。"于是孙膑在军中暗地出主意,并不抛头露面,连齐军都不知道。田忌准备赶去救邯郸,孙膑说:"赵国不是庞涓的对手,我们离邯郸远,等我们赶到,恐怕邯郸已经被占领了。我们不妨宣称要攻打魏国的襄陵,魏兵在外,庞涓听到消息,一定赶回来救援,我们在途中伏击,一定可以获胜。"庞涓听到齐国要攻打襄陵,果然班师去救。孙膑已经在桂陵埋好伏兵,却派一支三千人的队伍去诱敌深入,庞涓果然引大军追来。田忌出来与庞涓对话,庞涓大骂:"我们魏国同赵国打仗,关你们齐国什么事,你有什么本领,敢来送死!"田忌说:"你休要口出狂言,你认识我的阵吗?"庞涓一看,却是"颠倒八卦阵",心中一慌,硬着头皮说:"我跟鬼谷子学兵法,怎么不认得这'颠倒八卦阵'?我既然认得,就能破。"一面回想孙膑说过的破阵之法,一面交代儿子、侄子及其他大将,分三路攻阵。一进阵中,见变化无常,早就乱了手脚,又看到竖起一面大旗,上写一个"孙"字。心想:"这个废人果然投靠齐国了,我中计了。"正要撤退,哪里还来得及,魏军被杀得七零八落,幸亏部将来救,庞涓才得逃脱,收拾残兵败将,连夜逃回魏国去了。这就是著名的"围魏救赵"。

庞涓虽然在桂陵吃了败仗,但打赵国有功,魏王也就没有责罚他。他对孙膑怀恨在心,派人到齐国收买了相国邹忌,邹忌正害怕田忌功劳太大,夺了自己的地位,于是他们串通起来,让齐威王相信田忌有谋权篡位的野心,罢了他的官,孙膑也得不到重用。不久齐威王死了,儿子齐宣王继位,他素知田忌、孙膑的才能,一一重新起用。

再说庞涓听说孙膑不受重用,大喜,心想这下该看我庞某纵横天下了。他听说韩国和赵国要联合起来攻打魏国,就跟魏王建议说趁两国尚未联合,先下手攻打韩国,魏王同意,以太子申为上将军,庞涓为大将,派出全国兵力,直奔韩国。

韩国派人到齐国求救。齐宣王召集大臣商议。邹忌说："韩魏打仗，对我们来说是好事，不救好。"田忌说："魏国攻打韩国，下一个就会攻打齐国，应该救。"孙膑一言不发。宣王问："军师一言不发，难道他们说得都不对吗？"孙膑说："都不对。魏国自以为强大，去年打赵国，今年打韩国，怎么会放过齐国？要是不救，等他们打下了韩国，实力就更强了。所以不救是不对的。魏国刚去打韩国，韩国还没有受到大的打击，要是我们去救，反而是替韩国和魏国作战，损失太大，韩国反倒坐享其成，所以救也是不对的。"宣王问："那怎么办好呢？"孙膑说："不如答应韩国，又不马上出兵。韩国知道齐国会救，一定拼死跟魏国打，魏国也一定全力进攻，等他们都打得差不多了，我们大军再攻打魏军，伤亡小，得胜大，还能救陷于危亡中的韩国，韩国又对我们感恩戴德，一举两得，岂不是更好。"众人都觉得这个计策好。

等到韩魏两国的战争进入了白热化的时候，齐国又派田忌做大将，孙膑做军师，前去救韩。孙膑故伎重演，又直逼魏国国都。庞涓正好取胜，忽然听到国都危险，不得不引兵回救。孙膑对田忌说："魏国士兵勇猛善战，不把齐国军队放在眼里。我们现在深入魏国，应该因势利导，假装害怕，引他们加紧来攻。"田忌问："怎么装？"孙膑说："今天做十万灶饭，明后天逐渐减少。"庞涓本来要得胜，被齐国扰乱，正生气。他听说齐兵退去，察看营垒，发现齐军的灶日渐减少，大喜。太子申问："你还没有见到齐兵，怎么就高兴了呢？"庞涓说："齐兵素来胆小，我数了他们的灶，第一天有十万灶，现在只剩下三万灶了，说明害怕魏军，逃跑了一大半。这样的敌军，我们应该赶快追上去杀他个落花流水。"于是庞涓精选两万人马，与大部队脱离，加快行进，来追齐军。孙膑得到消息，计算时间，知道他晚上一定追到马陵。马陵在两山之间，正好埋下伏兵。道旁树木茂盛，孙膑命士兵将所有树砍倒，留下一棵最大的，横在路口，剥去树皮，写上"庞涓死此树下"几个大字，安排好弓箭手，吩咐道："晚上看到火光出，万箭齐发。"

再说庞涓求胜心切，一路追来，夜晚刚好追到马陵。有人报告前面有大树横着挡路。庞涓亲自带人去看，看树上仿佛有字，命人点了火把来看，看到那六个大字，大叫："不好，中计了！"哪里还退得出去，这边见了火光，万箭齐发，庞涓身受重伤，仰天长叹："只恨我一时心软，没有杀了这个废人，让这个小子成名了！"他想起鬼谷子说过他"遇马则卒"，连喊几声"天意"，拔剑自刎。魏军一时大乱，被打得溃不成军，不在话下。

孙膑立下大功，却不受赏赐，只是归隐在山里。齐国有救赵救韩之功，魏国又连败，各国都敬畏齐宣王，诸国都来拜会，好不风光。秦国卫鞅听说庞涓死了，趁机攻打魏国，得了胜仗，割占了不少土地回去。秦孝公非常高兴，将所得魏国土地封赏给他。从此，魏国更加衰落下去了。

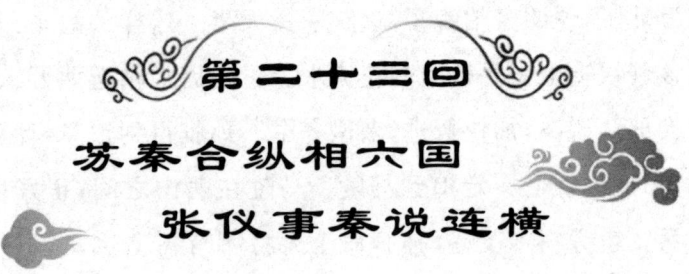

第二十三回
苏秦合纵相六国
张仪事秦说连横

　　上回说到鬼谷子两个学生庞涓和孙膑的故事，这回来说他的另外两个学生苏秦和张仪的故事。他们学的不是兵法，而是纵横之术，因此他们都是善于分析天下大势，能言善辩，全靠一张嘴求取功名的人。他们看到庞涓孙膑下山求取功名，心里很是羡慕，也下山去了。

　　苏秦回到洛阳家中，过了几天，他想出游各国，求父母变卖家产资助他。全家人都反对，说："你要是真有本事，不如就近去说服周王。"苏秦没有办法，只好去见周显王，周王手下人都知道他出身卑微，不肯保举他。苏秦回家，砸锅卖铁，置办了貂皮大衣、马车，雇了随从，外出寻找机会。他周游了几年，考察天下山川地理、风土人情、政治得失，却没有得到一个重用的机会。他听说秦国招纳人才，跑到秦国。当时秦孝公已经死了，商鞅也被秦惠文王杀了，秦王因商鞅的缘故，最讨厌这类游说的辩士。苏秦住了大半年，得不到机会，钱也花完了，只有卖了马车，走回老家。父母把他大骂一顿，妻子也不理他，嫂子不给他饭吃。他倍感世态炎凉，想起鬼谷子给他的《阴符》，嘱咐他不顺利时好好读。一年之后，他对天下大势了如指掌，跟弟弟苏代、苏厉说："我学成了，可以轻易取得富贵，你们要是资助我出游，等我发达了，也提拔你们。"兄弟二人听他谈吐非凡，就资助他。

苏秦既然看清了天下大势，当然知道只有秦国最强大，可以成就帝王业绩，去秦国是最好的。可他又怕秦王又不用他，就没有脸回家了，他转念一想，为今之计，只能促使各国同心协力，共同对付秦国了。

苏秦先到赵国，赵国相国不喜欢游说之人，他只有北上燕国，找个机会见到燕文王。燕王曾听说他给秦王上书，愿意听他高见。苏秦问他："你们燕国虽然也不小，然而跟中原大国比起来，地方不大，军队不多，却没有人来攻打你，你知道为什么？"燕王说："不知道。"苏秦说："那是因为有南面的赵国给你们做屏障。你现在不跟赵国联盟，却割地给秦国，以求一时安稳，不是很愚蠢吗？"燕王问："那怎么办呢？"苏秦说："不如与赵国结盟，进而同其他国家联合成一体，共同对抗秦国，这才是永久太平的方法啊。"燕王说："我怕赵王不答应啊。"苏秦说："我愿意去说服他。"燕王大喜，资助他去赵国。赵国的相国已经死了，赵王听说燕国使臣到，出来迎接。苏秦跟他说："现在崤山以东的各国中，赵国最强大，秦国最怕你们。现在他不敢打你，是因为怕韩魏袭击他。韩魏两国没有高山大河的天然屏障，要是秦国入侵，这两国投降了，赵国就危险了。依我看，各国土地是秦国的十倍，兵力是秦国的十倍，要是联合起来，共同对付秦国，不怕打不败它。现在秦国恐吓各国，各国就割地给他，这是让秦国更强大，自己更衰落。依我看，不如召集诸侯，结成联盟，互为唇齿。秦国打一国，其他五国都来救，哪个国家违背盟约，其他国家共同讨伐。秦国虽然强大，也不能与天下诸国争强了。"赵王一听，非常高兴，让苏秦当相国，去联络诸国。

苏秦正要走，赵王接到报告，秦国刚刚攻打了魏国，魏国割地求和，秦国大军正向赵国而来。赵王慌了，问苏秦怎么办？苏秦心想：秦兵要是打到赵国，赵国肯定和魏国一样割地求和，我"合纵"的计划就要泡汤了。他急中生智，一面安慰赵王不要慌张，说自己有退敌之计，一面招呼心腹，跟他说："我有个同学叫张仪，现在魏国大梁，你扮作商人，前去……"如此这般吩咐一通。

话说张仪下山之后，回魏国求见魏王，没有得到机会，就带着妻子投奔楚相国昭阳门下。昭阳有块宝玉"和氏璧"不见了，手下看张仪贫困，冤枉他，将他一顿暴打，张仪不肯招认，打得半死才被送回家。妻子哭着说："你今天遭的罪，都是因为读书求学害的啊，要是安心务农，哪有这事？"张仪张开嘴，问："我的舌头还在吗？"妻子哭笑不得，说："还在。"张仪说："舌头在，就是本钱，不愁以后不发达。"他看在楚国没有发展，回到魏国，闲居在家。他听说苏秦当了赵国的相国，正想去投靠，正好遇见苏秦派来的手下，把他带去了赵国。先安排在驿馆住下，去通报苏秦，到了第五天才把名片送进去，又过了几天，还没有消息，再传名片，苏秦说："明天见吧。"第二天，张仪去见，苏秦高高在上，并不出来迎接。吃饭的时候，苏秦吃的是山珍海味，给张仪吃的是稀饭加窝窝头。

张仪忍不住大骂："我本来以为你不忘老朋友情义,才来投奔你,没想到你这样侮辱我?"苏秦说:"我以为你早发达了,想不到这么落魄。以我现在的地位,推荐个一官半职,太容易了,就怕你才志不行了,害了推荐你的人啊。"张仪气愤地说:"大丈夫,自己取富贵,我不用你推荐!"苏秦说:"那好啊,我资助你黄金一条,你自便吧。"张仪将黄金扔在地上,气愤而去。苏秦的那个手下又来见张仪,假装不知道情况,张仪把会见苏秦的经过跟他描述一番,说:"我也没有脸回魏国去了,想到秦国谋发展,可惜没有路费。"那人说:"当时我让你来赵国,看来是我害了你,我正好也要去秦国,我们一起去吧。"

他们到了秦国,那人又出钱替张仪买通关系,秦王正因为当时没有重用苏秦而懊悔,即刻重用了张仪。张仪拜谢苏秦的心腹,这时,他才把真相告诉张仪,原来苏秦使用的是激将法,他怕秦国攻打赵国,他"合纵"计划不能实现,把张仪激到秦国去,他知道张仪有能力掌握秦国的大权,他助张仪得秦国重用,希望张仪助他实现"合纵"。张仪恍然大悟:"原来我一直在苏秦的计划中而不知道啊,你回去告诉他,只要他在,我一定不伐赵,以报答他的恩情。"

于是,苏秦回报赵王,说:"秦国不会出兵攻打赵国了。"赵王也得到报告,放心让他去游说各国。苏秦分别去说服了韩国、魏国、齐国和楚国。他北归过洛阳,各国都派人来送行,前呼后拥,接连二十多里,气派非凡。周显王听说苏秦来了,亲自迎到郊外,他的母亲啧啧惊叹,兄弟妻嫂都跪在路边,苏秦问他嫂子:"你以前都不愿意给我饭吃,现在为什么这样恭敬?"嫂子说:"你现在官又大,钱又多,哪里还能不尊敬你。"苏秦感叹道:"我今天才知道富贵不能少啊。"在苏秦的游说下,六国国君结盟"合纵"。有些国君已经称王,有些还是侯,苏秦建议统一称王。苏秦被封为"合纵长",往来六国做联络工作,身佩六国相印,总管六国臣民。

苏秦合纵六国之后,写了一封信告诉秦惠文王。惠文王大惊,有人建议赵国是合纵的首脑,先伐赵。张仪说:"六国刚刚联合起来,不会马上解散。秦国要是伐赵,韩、魏、楚、燕、齐都来助阵,我们就对付不了了。魏国最靠近秦国,燕国在最北边。我们不如用土地贿赂魏国,再同燕国通婚,这样合纵自然就解散了。"惠文王依计而行。赵王听说后,对苏秦说:"你提议六国合纵一起抗秦,现在还不到一年,魏燕两个国家就同秦国通好了,要是明年秦国攻打赵国,还能指望他们来救吗?看来合纵不可靠啊。"苏秦说:"我去两国走一趟。"当时燕国新国君刚刚继位,齐国趁机攻打燕国,夺取了十座城池。苏秦一到燕国,燕王说:"我们老国王听你的计策,搞了合纵,现在他尸骨未寒,齐国就攻占了我的城池,你怎么说?"苏秦说:"我替你去齐国,要回城池。"苏秦又赶往齐国,他对齐宣王说:"燕国是你的盟国,燕王又是秦王的女婿。你现在攻占了他十座城池,不但燕国恨你,秦国也怨你。这划不来。不如把城池还给燕国,结好燕秦两国,则齐国号召天下,还有什么困难?"齐王一听在理,还了城池。苏秦又回到燕国,燕王的母亲文太后,欣赏他的才华,与他私通。燕王知道了却不说明，苏秦怕燕王怪罪，就跟他说："燕国和齐国，有你无我，我假装得罪了您，跑去齐国，齐王一定重用我，我暗中替您谋划。"苏秦到了齐国，劝齐王饮酒打猎，寻欢作乐，搞乱了齐国的朝政。

张仪听说苏秦离开了赵国，知道六国联盟就要解散了。本来答应给魏国的土地现在不给了。魏国大怒，派人去讨。秦国出兵，打败魏国，抢了几座城池。魏王求和。张仪趁机让秦国归还土地，互换人质，以结好魏国。他又跟魏王说："现在秦王这样信任你，你也应该表示诚意。你割地给秦，秦魏联合，攻打诸侯，您得到的土地，就远远多于献给秦国的土地啊。"魏王被骗，果然割地给秦国。当时楚国老国王死了，楚怀王刚刚继位，张仪想起当年在楚国受相国冤枉，差点被打死，写了封信把事情经过告诉楚怀王。怀王害怕他来报仇，就与各国通信，重申合纵之事，六国又有了联合的迹象。张仪对秦王说："六国被苏秦计策迷惑，联盟不能马上解散，我想去魏国做相国，使魏国与秦和好，拆散他们的联盟。"他到了魏国，说服魏王不成，秦国出兵攻打魏国。魏王更加坚定了合纵的决心。各国推选楚怀王做"纵约长"，要联合进攻秦国。

此时，齐宣王死了，齐湣王继位，因为合纵又实现了，所以苏秦仍然得到重用。齐湣王召集大臣商议出兵伐秦一事。大家都说："秦王是您的舅舅，齐国和秦国又没有过节，不应该出兵。"苏秦主张合纵，当然坚持认为应该出兵。当时相国田婴的儿子田文，号孟尝君，非常聪慧，也在场，他说："攻打秦国就跟秦国结了仇，不去打就跟其他五国结了仇。照我看，不如出兵，但慢慢走，看形势再定夺。"潲王以为可以，就让他带领两万人马前去。韩、赵、魏、燕四国国王带了军队和楚怀王在函谷关外会合，谁也不肯打头阵。正当大家相互推诿的时候，秦国先出起兵，断了楚国的粮草，楚国军心不稳，大败而逃。各国一看"纵约长"都跑了，就各自班师回国。这时，孟尝君正走到半路，也就打道回府了。齐潲王认为孟尝君这次计策很高明，从此看重他，疏远了苏秦。本来怨恨苏秦的人就多，有人找了刺客，趁苏秦下朝的时候，刺杀了他。匕首刺进腹部，苏秦用手按住，跑到齐王那里，对他说："我死后，您砍下我的头，就说我是燕国派来的奸细，重赏杀我的人，凶手肯定来领赏，您再替我报仇。"齐王果然抓到凶手，牵出幕后的主谋，灭了好几家，给苏秦报了仇。

张仪看到六国攻秦，不打自散，现在苏秦又死了，非常高兴。他跟魏王说："各国心怀鬼胎，合纵本来就不可靠，现在苏秦也死了，您要是还实行苏秦那一套，不肯事秦，要是哪个国家先同秦国和好，联合起来打魏国，我怕魏国不保啊。"魏王慌了，问："那怎么办？"张仪说："我替您到秦国求情，魏先和秦通好。"魏王也只有听张仪任意摆布了，张仪回了秦国，仍旧做相国。

但是齐潲王攻打燕国得胜，与楚国联盟，成了秦国最大的对手。张仪来到楚国，跟楚怀王说："现在天下大国，只有秦、楚、齐。秦国跟谁好，谁就能称霸，现在秦王心想和您结盟，您怎么还跟齐王通好，触怒秦国呢？您要是能跟齐国断绝关系,我们愿意把以前商鞅占领的土地还给您。"楚怀王贪图小便宜,不顾大臣劝阻,派兵攻打齐国,以表示同齐国绝交。结果秦国根本不归还土地,怀王大怒,又不听大臣劝告,执意起兵攻打秦国,秦国又请齐国助阵,齐国正生楚国的气,也出兵来打,楚国两面受敌,结果大败。楚怀王只有向秦国求和,表示愿意割地,他对张仪恨之入骨,要秦国把张仪交给他处置。

张仪到了楚国,勾结奸臣,说动怀王,怀王非但没有杀他,还请他做联络人,与秦国结好。秦王见张仪功劳不小,封他为武信君。张仪知道苏秦的"合纵"已经完全失败了,他就去列国游说,实行他的"连横"计策。所谓连横,就是说服各国讨好秦国。各国实力都不如秦国,苏秦的"合纵"是要把大家联合起来,抵抗秦国,现在合纵失败,各国为求自保,只有采纳张仪的"连横"计策,纷纷割地纳钱,讨好秦国。这样一来,秦国更加强大了,各国更加衰落了。

后来,秦惠文王死,秦武王继位,武王生性粗直,不喜欢诡计多端的张仪。诸侯又觉得被张仪欺骗,纷纷要他的人头,尤其是齐潽王。张仪惧怕,跑到魏国,第二年就病死在魏国。

苏秦设宴激张仪

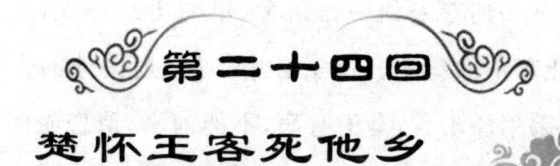

第二十四回

楚怀王客死他乡
孟尝君逃出秦国

赶走张仪的秦武王力大无穷,后来带兵经过周王所在地,参观九鼎,声称要带回代表秦地的那个鼎。他好勇斗狠,亲手举鼎过头,失手伤了自己,不久就死了。他死之后,秦昭王继位。

秦昭王听说楚怀王和齐王交换太子做人质,怀疑楚背叛秦国,派樗里疾为大将,前去讨伐,楚国大败,怀王非常害怕。昭王给他写了封信,大意是说:我虽然派兵攻打楚国,但还是念在你我有盟约在先,现在我愿意跟你在武关会面,重订盟约。你如果能来,我归还占领的土地。怀王跟大臣们说:"我不去吧,怕秦王发怒;我要去吧,怕被骗。你们说怎么办?"忠臣屈原说:"秦国是豺狼虎豹,骗我们不是一次两次了,不能去。"奸臣靳尚说:"我们打不过他,现在他提出讲和,正是好机会啊。要是不去,秦又派兵来,怎么办?"怀王本来就怕秦国,于是选了个吉日,带着靳尚去了。

秦昭王派弟弟泾阳君假扮秦王,在武关等候,又派大将在关里、关外埋伏,楚怀王刚刚入关,只听一声炮响,关门紧闭。怀王心中一紧,问:"秦王在哪里?"秦兵说已经在等他了。他被秦兵拥着来到一处馆舍,里面出来一人,虽然穿戴很好,举止却不像秦王。怀王心中怀疑,迎接他的人说:"我是秦王的弟弟泾阳君,秦王有病,不能前来,请您先回去休息吧。"怀王回到住处,刚刚住下,早有一万秦兵将他围得水泄不通。第二天,泾阳君说:"秦王不能来,又怕失信,特地派我来迎你去咸阳见面。"到如今,不由怀王答应不答应了,他被秦兵架着往咸阳而去。靳尚找了个机会,逃回了楚国。

怀王见到秦昭王,昭王要他行君臣之礼。怀王大怒:"我相信你,才单身赴会,你假装生病,把我劫持到咸阳,这算什么?"昭王说:"以前你答应给我们黔中的土地,后来没有给,我约你来,就是要回土地的。你只要答应了,马上送你回去。"怀王说:"就算你要土地,也该好好说,何必用这种诡计。"昭王说:"不这样,怕你不肯来。"怀王说:"好,我愿意把黔中让给你,现在我跟你歃血为盟。你派一员大将送我回去,顺便取回土地。"昭王说:"盟誓不可信,要先派人去楚国,得到了土地,才能放你回去。"秦国大臣也来劝怀王。怀王大怒:"你骗我来秦国,又要强迫我割地给你,欺人太甚!就算死,也不受你胁迫!"昭王便把怀王扣留在秦国。

靳尚逃回楚国,将事情一说。大家商量,不能答应秦国的无理要求,然而国不能一日无君,于是假称怀王病死,从齐国请回太子,立为楚王,就是顷襄王。秦王白扣留怀王,大怒,派人攻打楚国,得了十五座城池。怀王在秦国一年多,找个机会跑了出去。秦兵来追,他不敢回楚国,其他国家又不敢收留,竟然死在路上。归葬之时,楚国百姓无不痛哭。怀王死后,顷襄王和靳尚等人贪图享乐,苟且偷安,没有报仇之心,楚国反而更加腐败。大夫屈原多次劝谏不成,反倒被削去官职。他气愤难忍,在农历五月五日那天,抱石投了汨罗江。

秦昭王听说齐国的孟尝君田文非常贤惠,很想让他到秦国来,又担心他是齐国相国,不肯来秦国。大臣向寿说:"不如把您的弟弟派去做人质,换孟尝君来秦国。齐王怕秦国,不敢不换。孟尝君一到秦国,您就让他做相国,齐国也一定会让您的弟弟做相国。这样一来,秦齐两国联合起来,诸侯就不是对手了。"秦王说:"这个办法好!"于是,他派泾阳君去齐国做人质。孟尝君的门客们听说了,都说:"秦国如豺狼,连楚怀王去了秦国,都回不来,您千万不能去啊。"孟尝君不愿意去。有大臣跟齐湣王说:"现在秦王想见孟尝君一面,用他的弟弟做人质。孟尝君要是不去,恐怕秦王生气。我们要是留下泾阳君,也不好。我看不如隆重地送他回去,叫孟尝君去秦国答谢,这样两国的关系就能和好。"湣王以为可行,于是派孟尝君护送泾阳君去秦国。

孟尝君带着一千多门客,西入咸阳。秦王下台阶欢迎,孟尝君送给秦王一件白狐裘,毛长两寸,雪白雪白的,天下无双。秦王非常喜欢,向爱妃燕姬夸耀,说:"狐狸活到一千岁才变得雪白。这件裘都是用狐狸腋下的毛做成的,真是无价之宝,也就是齐国这个山东大国,才能有啊。"当时天气还暖和,秦王叫人收藏好,他准备立孟尝君做相国。大将樗里疾心怀妒忌,生怕自己大权旁落,叫手下谋臣跟秦王说:"孟尝君是齐国人,叫他做秦国相国,他肯定向着齐国。这个人这么聪明,门客这么多,他要谋划什么事,肯定成,秦国就危险啊。"秦王向樗里疾咨询,樗里疾也这样说,而且还说:"现在他到了秦国好几天了,手下一千多人,早把秦国的情况摸清了,他要是回了齐国,对我们不利,不如把他杀了。"秦王被说动,把孟尝君软禁起来。

泾阳君在齐国时,孟尝君对他非常好,他听说了秦王的想法,就偷偷告诉孟尝君。孟尝君不知道如何脱身。泾阳君说:"现在秦王还没拿定主意,他有个爱妃燕姬,你不如讨好她,让她美言几句,或许可以脱身。"泾阳君替孟尝君跟燕姬一说,燕姬提出的条件是要一件白狐裘。孟尝君跟门客商量:"你们谁能帮我把给秦王的那件狐裘取回来?"大家都不知道怎么办,有个门客说:"我能。"孟尝君问:"你有什么方法?"那个人说:"我会狗盗。"孟尝君就派他去了。他半夜扮作狗的样子,从狗洞钻进去,叫声也像,看管的人以为真是狗,没有注意,果然把白裘偷了回来。孟尝君把它献给燕姬,燕姬跟秦王说:"孟尝君是天下有名的贤人,本来不愿意来秦国,现在您请来了,不任用他也就算了,还要把他杀掉,我怕您这样做,天下贤才以后都不敢来秦国了啊。"秦王想想也对,第二天就放了孟尝君。孟尝君得到准许,赶紧开溜。马不停蹄到了函谷关,刚过半夜,关门紧闭。孟尝君怕秦王后悔,追兵赶来,正着急出关,没有办法,忽然听到自己的队伍里传来雄鸡打鸣的声音,原来,有一个门客正在模仿公鸡打鸣,远近的公鸡听到了,一呼百应,一时关里关外,一片打鸣声。守关的以为天马上要亮了，就开关放孟尝君一干人等出去。孟尝君逃出虎口后，感慨地说："想不到我这次能逃脱，全靠了会狗盗鸡鸣的两个人啊。"这就是鸡鸣狗盗的故事。在逃亡过程中，孟尝君经过赵国，结交了赵国平原君赵胜。

樗里疾听说秦王放走了孟尝君，赶紧来见秦王，秦王也后悔，派兵去追。后来得知孟尝君逃脱真相，也没有怪罪燕姬和守关将士。他说："孟尝君手下这些门客，好像国都的集市一样，什么都有，真了不起啊！"

孟尝君回到齐国，齐湣王自然非常高兴。秦昭王怕他受到重用，对秦国不利，就想出一个反间计。他派人到齐国散布谣言，说："孟尝君天下闻名，现在天下都不知道有齐王了，过阵子他要取代齐王了。"又派人到楚国，跟楚顷襄王说："上次六国联合攻打秦国，孟尝君故意落后，不肯用兵。楚怀王在秦国时，本来秦国打算放他回去的，孟尝君劝我不要放怀王。因为当时太子在齐国，楚怀王要是死了，楚国自然会到齐国要回太子，他想趁机要挟楚国。这个孟尝君，差点让您回不了楚国，让怀王也客死他乡。这回我们本来抓住了他，没想到让他跑回齐国做了相国。这下楚国可要遭殃了，不如我们两国联合，共同对付孟尝君吧。"楚顷襄王果然中计，也派人到齐国去传播谣言。齐湣王听信传言，收了孟尝君的相印。

孟尝君的门客看到他不受重用，都纷纷离开他。独有一个叫冯煖的门客，想了一个恢复孟尝君相位的计策。他先到秦国跟秦王说："齐王听信谗言，免去了孟尝君的相位，他必定对齐王心怀不满，秦王何不许以高官厚禄，去召孟尝君来秦国辅助您呢？现在正是好时机啊，等齐王反悔，恢复了孟尝君的职位，你就来不及了。"当时樗里疾刚刚病死，秦王正想找个好相国，赶紧准备礼物，要去齐国聘请。冯煖又跑到齐王那里说："您听到的传言，都是秦国的离间计，他们就是要您疏远孟尝君，好来请他去秦国，我听说现在使者都快到了。您要是还执迷不悟，失去了贤才，齐国就危险了。"齐王派人打探，知道秦国使者果然在路上，真怕孟尝君去了秦国，马上把孟尝君官复原职。以前的门客又回来了。孟尝君对冯煖说："我对待宾客一直很敬重，可是刚免职，大家就离开我了，现在刚复职，他们有什么脸面回来呢？"冯煖说："富贵的时候朋友多，贫贱的时候朋友少，这不奇怪啊。"于是孟尝君对待门客，一如往日。

后来，齐湣王自满自得，孟尝君劝谏不成，反被冷落，他跑到了魏国，投靠信陵君魏无忌，两人脾气相投。他又介绍平原君和信陵君认识。信陵君把姐姐嫁给平原君，于是魏国和赵国也通好了。

没有孟尝君辅佐，齐湣王日益腐败，最后被燕国打败，落得个惨死的下场。齐襄王靠着大将田单才恢复了齐国。齐襄王知道孟尝君的才能，请他回齐国担任相国。孟尝君没有做，但是往来齐魏，做了不少有益于两国的事情。

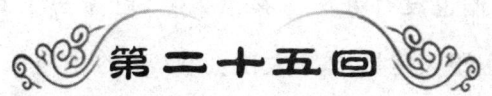

第二十五回
蔺相如完璧归赵
老廉颇负荆请罪

　　前面提到过楚国相国失去了一块宝玉"和氏璧"，怀疑是张仪所偷，几乎将他打死，不想很多年后，这块和氏璧在赵国出现。被赵惠文王的一个宦官缪贤买到。这块玉色泽光润无瑕，放在黑暗中能发光，不染尘埃，放到座位上冬暖夏凉，蚊子苍蝇不敢接近，有辟邪的作用。缪贤自然十分喜欢。赵王听说了，跟缪贤要这块玉，缪贤说没有。赵王趁他打猎时，派人抄家查了出来。缪贤知道后害怕获罪，准备逃到燕国去。他有个门客叫蔺相如，问："您就这样去投奔他，和他交情好吗？"缪贤说："当年我跟大王去会见燕王，他私下跟我说愿和我结识。"蔺相如说："您错了。赵国强燕国弱，您得到赵王的宠幸，燕王才愿意结识您，现在您获罪，燕王害怕赵国，一定会把您交给赵王的。"蔺相如劝缪贤主动请罪，赵王果然没有怪罪他。他觉得蔺相如是个人才。

　　再说秦昭襄王得知和氏璧在赵国，非常想得到。丞相出主意说："您可以拿十五座城池去交换。赵国怕秦国，他们不敢不来换。等他们把玉拿来了，我们强行留下，又不给他们城池，谅他们也没有办法。"秦王大喜，赶紧写了封信给赵王送去。赵王跟大将廉颇等大臣商议，有的说应该送去，有的说不能送去，议论纷纷。有个大臣说："最好的办法是派个勇士带去，得到城就给秦国，得不到就带回来。"赵王看了看廉颇，廉颇不敢接这个任务。缪贤说："我的门客蔺相如有勇有谋，可以派他去。"赵王宣蔺相如来，蔺相如说："秦王用十五座城池换和氏璧，要是我们不换，就理亏，要是我们把璧送去，他不给城池，他就理亏。您现在肯定找不到能送璧的人，我愿意去。要是换成了，好说。要是换不成，我一定完璧归赵。"

秦王听说和氏璧送来了，非常高兴，召集群臣等候蔺相如献璧。蔺相如用锦袍包裹宝玉，呈给秦王，秦王看了，赞不绝口，又让大臣们传看一遍，大臣都称"万岁"，又传给后宫的妃子们看了一遍，再送回到秦王面前。蔺相如看秦王压根不提城池的事，知道他没有诚意。他对秦王说："璧上有一处瑕疵，我指给您看。"秦王把玉传给他。蔺相如后退几步，靠近柱子，怒目圆睁，对秦王说："和氏璧是天下至宝，您的信到赵国，赵国君臣商议的时候，都觉得您没有诚意，不能送来。我以为老百姓也讲信誉，何况堂堂秦国国君。我们国君斋戒五天，沐浴更衣，才命我送和氏璧入秦。现在您接待态度傲慢，把宝玉随意给人看，又没有诚意拿城池来交换。我现在取回宝玉，您要是逼我，我就和这玉一起撞死在柱子上。"秦王担心宝玉，说："你不要这样，我是诚心换的。"他命人拿来地图，指点了十五座城池给蔺相如看。蔺相如知道他是假意的，说："您要得玉，也须隆重，要斋戒五日，列队迎接。"秦王只好同意，安排蔺相如住下。蔺相如让随从乔装打扮，偷偷把玉送回了赵国。

过了五天，秦王按要求迎接和氏璧。蔺相如说："秦国自秦穆公以来，二十多个国君，都诡计多端，毫无信义。我怕被你骗了，已经派人把和氏璧送回赵国。"秦王大怒，命人绑了他。蔺相如面不改色，说："现在秦国强大，赵国弱小，您要是真有诚意换和氏璧，先割城池给赵国，派人去赵国取璧，赵国不敢不给。我知道得罪您了，请求死罪。"秦王对群臣说："就是杀了他，也得不到和氏璧，还得罪赵国，何必呢？"于是以礼相待，放他回国。赵王因为蔺相如的功劳，拜他做上大夫。后来，和氏璧的事，不了了之。

因为这件事，秦王对赵国耿耿于怀，他想收拾赵王，约他在渑池会面。赵王说："楚怀王的往事还历历在目，怎么办才好啊？"廉颇和蔺相如都说："您要是不去，就表示害怕，以后秦国更加要欺负赵国。"廉颇表示愿意辅佐太子守国，蔺相如表示愿意陪赵王赴会。平原君赵胜说："虽然有蔺相如跟您一起去，但还是不可不防。"他推荐李牧带五千精兵随后保护，自己率领大军接应，以防不测。临行前，廉颇对赵王说："您去了秦国，万一有不测，怎么办？我算了往来路程，顶多一个月。要是过了一个月还回不来，我请求立太子做国君，免得受秦国要挟。"赵王只有同意。

赵王和秦王在渑池会面，筵席上酒喝到一半，秦王说："我听说赵王精通音乐，我准备了一张瑟，请你弹给我听听。"赵王面红耳赤，又不敢推却，只好弹了一曲。秦王叫史官把这件事情记录下来。史官写道："某年某月某日，秦王和赵王在渑池相会，秦王命令赵王鼓瑟。"蔺相如向前一步，说："赵王听说您善于击缶，请您击一段，大家分享。"秦王怒，不肯击。蔺相如捧上一杯酒，跪着上前，再请秦王，说："我现在离您只有五步远，您要是不击，我跟您拼命！"秦王左右要上来拿住蔺相如，被他怒目吓退。秦王没有办法，只能应付了几下。蔺相如叫赵国史臣也记上："某年某月某日，赵王和秦王在渑池相会，赵王命令秦王击缶。"秦国大臣说："今日相会，很高兴，请赵王献十五座城池给秦王助兴。"蔺相如说："礼尚往来，请秦王把咸阳献给赵王助兴！"双方正要争执，秦王说："我们国君相会，臣子不得多言。"筵席不欢而散。大臣跟秦王出主意，要扣留赵王。秦王说："我得到密报，赵国大军就在后面，防备周密，不可胡来。"秦王还同赵王结拜为兄弟，宣誓永不侵犯，互相留太子做人质。大臣不理解。秦王说："现在赵国文臣武将都齐备，正是强盛的时候，不能图谋。我跟赵王和好，就可以专心对付韩国。"

赵王从渑池回到赵国，正好满三十天。赵王说："我能安全回来，全靠蔺相如。"于是封他做上相，比廉颇还高一个级别。廉颇非常不服气，说："我为赵国出生入死，打仗功劳这么大，他就靠着张嘴皮子，还是个太监的门客，居然爬到我头上。我要看到他,非杀了他不可!"这话传到了蔺相如耳朵里,他就称病,不上朝,以免遇到廉颇。门客们都以为他怕廉颇。有一次,他们的车队相遇了,蔺相如赶紧先让出路来。门客们非常生气,都来见蔺相如,说:"我们抛家弃子,来投奔你,就是看你是个大丈夫。现在你怕廉颇怕成这样,我们没有脸面再跟着你了。"蔺相如说:"你们不知道我为什么躲着廉颇吗?你们说廉颇可怕,还是秦王可怕?"大家都说:"当然是秦王可怕了。"蔺相如说:"就是秦王这样天下都怕的人,我也敢当面抵抗他,让他下不来台,我会怕廉颇将军吗?只是我知道秦国现在不敢攻打我们赵国,就是因为有我和廉颇将军这样的人在,现在我们要是争斗,秦国肯定会乘虚而入的。我忍辱躲着他,都是以赵国为重啊。"门客们这才明白过来,他们不但体谅了蔺相如的苦心,此后遇见廉颇的门客,也都忍让。廉颇不知道原因,反而更加骄傲。

有个叫虞卿的人听说了这件事,很是担忧,报告赵王,要求去调解两人的关系。他见到廉颇,先把他的功绩大大夸奖一番,然后说:"论功勋,蔺相如比不上您,要是论肚量,您可不如他啊。"廉颇气愤地说:"他这个懦夫,靠嘴皮子,有什么肚量?"虞卿把蔺相如的一番用意对廉颇说了。廉颇大为惭愧。虞卿说:"现在您在赵国,同他争斗,他越是让着你,越发显得他识大体啊。这对您没有好处啊。"廉颇说:"听了你的话,我知道我比不上他。我去赔罪。"廉颇让虞卿去蔺相如府上报信,自己光了膀子,捆上荆条,到蔺相如庭中跪下请罪。

蔺相如赶忙迎出来,说:"我们都是赵国大臣,您能体谅我就行了,何必如此啊。"廉颇说:"我是个粗人,难得您如此宽宏大量,真是惭愧。我愿跟您结为刎颈之交。"于是两人结为生死兄弟,虞卿也因为这件事,被封为上卿。

廉颇"负荆请罪"也传为千古佳话,京剧名段"将相和"讲的就是这段历史故事。此后,秦国很长一段时间不敢打赵国的主意。

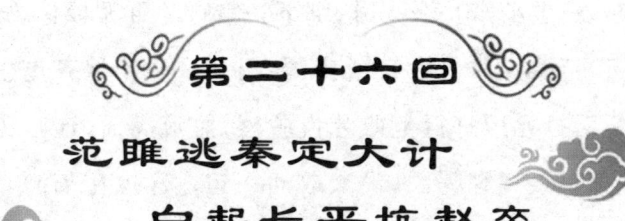

第二十六回
范雎逃秦定大计
白起长平坑赵卒

前面提到过齐湣王腐败,被燕国打败,齐襄王靠着大将田单才恢复了齐国。魏王曾经帮助燕国攻打齐国,怕受到报复,派了大夫须贾去修好。

须贾到了齐国,齐襄王质问他:"以前,魏国和齐国一起讨伐宋国,是盟友。等到燕国来犯,你们居然也参与其中,先王之仇,我日夜不忘。现在又派你来花言巧语,魏国反复无常,我不能相信你!"须贾无言以对,这时,他手下有个叫范雎的人,回答说:"您这话就不对了。当年一起攻打宋国不假,可是约定三分宋国,结果齐国不守信,独占了宋国。燕国攻打齐国,参与的国家有五个,我们魏国并没有来攻打你们国都,就是很尊重你们了。现在您当了国君,英武盖世,魏王觉得可以成就霸业,特地前来修好,您要是是非不分,恐怕也会重蹈湣王的覆辙啊!"齐襄王大吃一惊,心想,这个人是个人才啊,想留他在齐国做官。范雎说:"我跟使者一起来,要是不一起回去,就没有信义。"齐王更加敬重,送了他一些礼物。

须贾知道后,回到魏国,跟相国魏齐一说。魏齐以为范雎出卖了魏国,找来范雎对质。范雎不承认,魏齐大喊一声:

"卖国贼,还要狡辩!来人哪,绑下去重打一百大板!"要逼范雎招认。范雎说:"我没有通齐国,招什么啊?"魏齐更生气:"给我活活打死!"打得范雎牙齿脱落,血流满面,连呼冤枉。当时魏齐正跟宾客喝酒,没人敢劝一句。这边在喝酒,那边下了死力打,不一会,肋骨打断,打死了。魏齐还不解气,命令手下用草席卷了,扔到茅厕里去,要让范雎做鬼也不得干净!也是范雎命不该绝,被茅厕气味一熏,慢慢醒过来,他用重金买通了看守,将他背回家中。妻子将他收拾干净,他说:"我怕魏齐怀疑,你赶快送我去好友郑安平家,过两天就发丧,以掩人耳目。"

范雎养好伤,改名叫张禄。秦国有使者王稽来魏,与张禄谈话发现他才能不一般,偷偷把他带回秦国。刚进入秦国境内,望见一群车马迎面而来。范雎问:"那是谁啊?"王稽说:"是丞相穰侯巡视东郡。"原来,秦昭襄王即位时年纪还小,由太后听政,她让弟弟魏冉做丞相,封为穰侯。现在秦王虽然长大了,但是魏冉的权势还是很大。范雎说:"我听说他专权霸道,尤其厌恶各国宾客,我先到车厢里躲躲吧!"不一会儿,丞相到了,两下招呼过后,丞相问:"你没有带什么宾客回来吧?"王稽说:"哪敢,哪敢。"他用眼睛瞟了瞟车子,告别而去。范雎出来,说:"我刚才看丞相这个人,生性多疑,他肯定后悔刚才没有搜查车子,必定派人回来,我去路边躲躲。"果然,不一会儿,二十骑人马追来,奉丞相之命,将王稽的马车抄查一遍,才离开。王稽说:"张先生真是神人啊!"王稽见了秦王,把范雎推荐上去,秦王并不重视,一年多没有召见他。

一天，范雎在街上走，看见兵马集结，说是要攻打齐国的一个地方，那个地方离丞相的封地很近，他实际上想扩大自己的地盘。范雎心想这是个机会。他给秦王写了一封信，秦王召见他。他看到秦王过来，故意装作不知道。太监先来，说："秦王来了。"范雎说："秦国只有太后和穰侯，哪里有王啊。"太监把这话告诉秦王，秦王也不生气，将他请到内宫，屏退手下，问："你有什么话说吗？"范雎不答。秦王问了三次，说："你不说话，是没什么话说吗？"范雎说："不是，不知道你信任不信任我，所以不敢说。"秦王说："我屏退下人，怎么还不信任你呢。你有话直说，太后大臣都无妨。"范雎这才放心，说："那好，我就说。秦国地形险要，兵强马壮，各国都比不上。但现在毫无作为，不是大臣们计策失误的关系吗？"秦王问："请问怎么失误了？"范雎说："我听说穰侯要攻打齐国，这就错了。齐国离秦国远，中间又隔了赵国和魏国。秦国派的军队少了，不能取胜，要是派的军队多，反而自己受到牵连。要是打不胜，反而自取其辱，即使打胜了，因为赵国和魏国离齐国近，好处还是归他们的。依我看来，最好的办法是远交近攻，和远处的国家交好可以拆散敌人的联盟，攻打近处的国家可以直接获利。由近而远，好比蚕吃桑叶，天下就归秦国了！"秦王又问："那怎么个远交近攻呢？"范雎说："远交就是要和齐国楚国交好，近攻就是要先攻打韩国魏国。韩国魏国为秦国所有，齐国楚国也就不在话下了。"秦王说："好计策，好计策啊！"于是拜范雎为客卿，范雎逐渐成了秦王的心腹，后来他又帮助秦王免去了魏冉的职务，收揽了大权，范雎也做上了丞相。

范雎当了秦国丞相，按照远交近攻的战略部署，要攻打魏国。魏王害怕，丞相魏齐主张求和，派须贾到秦国去，于是知道秦国丞相张禄原来就是那个范雎。范雎把须贾羞辱一番，命他带口信回去，求和可以，拿魏齐的人头来。魏齐害怕，跑到赵国投奔平原君赵胜去了。秦王说："赵国和秦国自渑池之会后，一向友好，上次秦国攻打韩国，他派李牧去救援，我们还没算这笔账呢，这次他又收留丞相的仇人。我替你报仇。"秦王亲自率领二十万大军去攻打赵国。赵孝成王刚刚即位，由太后亲政，当时蔺相如已经老了，虞卿做相国。虞卿建议去齐国请救兵。齐国派十万大军来救。大将王翦对秦王说："赵国良将不少，现在齐国来救，恐怕一时难以取胜，不如班师。"秦王说："抓不回魏齐，我有何脸面？"他写信给平原君索要魏齐。平原君推说没有。秦王心生一计，邀请平原君去会面，平原君知道危险，也只有赴会。秦王扣留了平原君，要赵王拿魏齐的人头来换。魏齐投奔虞卿，虞卿辞了相国，跟他一起投奔信陵君。虞卿先见信陵君，说明来意，信陵君害怕秦国，不敢收留魏齐。魏齐对虞卿说："我一时大意，得罪了范雎，先连累平原君，又连累你，还有什么脸面活着？"说罢，拔剑自刎。再说信陵君后悔没有收留二人，赶紧来追，只见到魏齐尸体，大哭一场，也只有把魏齐人头交给赵王，以救平原君了。

范雎报了仇，他的恩人郑安平和王稽也都受到了重用。

他要和齐国通好,当时齐国国君年少,由太后执政。范雎要试试她的本事,派人送去玉连环,称:"听说王后智谋不凡,请解开连环看看。"太后二话不说,拿个锤子将玉连环砸碎。使者回报范雎。范雎赞叹说:"真是女中豪杰!"于是和齐国交好,齐国得以安宁。再说楚国太子一直在秦国做人质,当时楚王病危,太子的老师黄歇想让太子回国,他对范雎说:"楚太子在秦国多年,跟秦国的君臣交情都很好。要是他能即位,必然同秦国交好。要是秦国不放他回去,楚国立了其他人做国君,则秦国不过留下一个普通人,也没有用。"范雎觉得有理,跟秦王报告,秦王准许黄歇先回国探望楚王病情。黄歇设计让太子乔装回国,秦王怒,要杀黄歇。范雎说:"杀了他,太子也回不来,不如以礼相送,他回国一定受到重用,则楚国君臣必然感激您啊。"太子回国即位,就是楚考烈王,黄歇做了相国,他就是春申君。当时齐国的孟尝君已经死了,楚国的春申君和赵国的平原君、魏国的信陵君一样招纳门客,名满天下。

现在,范雎远交齐楚的战略构想已经实现,要开始进攻赵国和魏国了。当时秦国攻打韩国的上党,上党守臣冯亭心想:与其被秦国占领,不如投降赵国,投降赵国,秦必然攻打赵国,这样一来,赵韩联合,可以抵抗秦国。平阳君赵豹说:"秦国攻打上党,自以为是囊中之物了,我们现在取了它,秦必然来攻打赵国,这太危险了。"平原君却说:"秦国攻打了一年也没有收获,我们不用一兵一卒而坐收十七座城,这样的好事,怎么能不要?"赵王贪图土地,派了平原君去接收。

冯亭请赵国出兵帮助,他守了两个月,救兵不到,他就带着人马来投奔赵国。冯亭跑到长平,遇见廉颇带着二十万大军来救。廉颇知道上党失守,秦兵逼近,就与冯亭兵分两处,安营扎寨,抵抗秦军。

赵军前哨遇见了秦军,被打败。廉颇命令只是坚守,还叫士兵就地挖好蓄水池。秦兵攻势猛烈,冯亭打败,来投廉颇。秦兵由此逼近廉颇,日日前来叫阵。廉颇下令:"不许出战,出战死罪!"秦国主将王龁说:"廉颇是老将,打仗持重,一时难以取胜啊。"部将建议说:"山下有条溪流,秦赵两军都从那里取水,我们可以断了赵军水源,他就坚持不了几天。"谁知廉颇早有准备,秦军白白花费半天力气去断水源。这样秦赵相持了四个月。秦王很着急,找范雎来商量。范雎说:"廉颇打仗经验丰富,知道秦军强大,不能取胜。他采用相持的方法,秦军远来,一定相持不了太久。不除掉这个人,攻打赵国很难。看来要用反间计。"他把计策同秦王一说,秦王非常高兴。

不久,赵国就流言四起,说:"赵国将领中赵奢最厉害,听说他的儿子赵括熟知兵法,比他父亲还厉害。廉颇老了,胆子不行,打了一场败仗就不敢打了。赵国要是用赵括,就能赢。"赵王本来就怀疑廉颇胆怯,听到传言,找来赵括问:"你能退秦兵吗?"赵括说:"秦国要是用白起做大将,我还要费些心思,取胜的把握只有五成。这个王龁根本不是我对手。"赵王大喜,拜他做上将,赏赐了很多黄金布匹,命他带二十万精锐去代替廉颇。这个赵括就是那个纸上谈兵的人,他自幼熟读兵书，同他父亲讨论兵法，指天画地，父亲都不是他的对手。但是父亲知道赵括如果真带兵打仗肯定不行，临死前交代妻子，无论如何要阻止他带兵。赵括回来见母亲，母亲问："你父亲临终告诫你不要带兵，你怎么不推辞?"赵括说："不是我想去，无奈朝中没有本领比我强的。"赵母上书赵王："赵括虽然熟读兵法，却不会变通，不能用他为将啊。"赵王召见了她，她又说："他父亲做大将的时候，得到的赏赐都分给将士们，接到命令后就住在军营，不再回家，他与士兵同甘共苦，有大事决断，都不敢自作主张，一定先广泛听取意见。现在赵括得了赏赐都拿回家，将士们不敢抬头看他，怎么能做大将?"赵王不听。赵母请求说："您不听我的，万一兵败，我请求不要连累我家。"赵王同意了。

这边范雎已经得到消息，跟秦王说："这一仗，非派白起不能取胜。"于是暗地里派白起做大将，王龁为副，只是对外不公开，以迷惑赵括。赵括到了长平，同廉颇交接完毕，廉颇无奈，只好回邯郸去了。赵括一改廉颇谨慎的战法，将军队合并成大营，又用自己带来的人换下廉颇原来任命的将领，下令说："要是秦兵来挑战，就出击。"白起听说赵括改变了廉颇的战法，就故意派三千人来挑战，赵括出动一万人去战，获得胜利，更加骄傲，居然派人去秦军大营下战书！白起先安排后退二十里，命令几个将领带兵轮番迎战，只输不赢，步步引赵括深入，又命另一支人马抄小道，去断赵军粮草，再命一员大将，等赵军队伍拉长后，从中间杀出，把赵军截成两段，又安排几支队伍待命，应急。白起布下天罗地网，只等赵括来钻。

　　第二天赵括奔秦兵大营杀来，步步落入白起的埋伏，落得大败，被秦军团团围住，坚持了四十六天，缺粮断草，到了人吃人的地步。赵括命将领分四个方向，拼死突围，冲了三次，都被打回来。又过了一个月，赵括亲自带领五千精兵突围，被乱箭射杀。赵军大将战死，军心大乱，秦军来招降，都投降了，有二十万之多，加上之前上党等地投降的人，居然有四十万。白起对王龁说："投降的人有四十万，秦兵总共才二十万，万一哗变，我们对付不了。不如统统杀掉，以绝后患。"于是，他设计将四十万人一夜杀光，血流成河，真是惨啊！后来白起和范雎不和，被秦王赐死，觉得冤屈，忽然想起长平一战，说："我是该死啊，赵军四十万来投降，我一夜之间都给杀了。我是该死啊！"

　　长平一战之后，赵国一蹶不振，再也抵挡不住秦国了。

白起长平坑赵卒

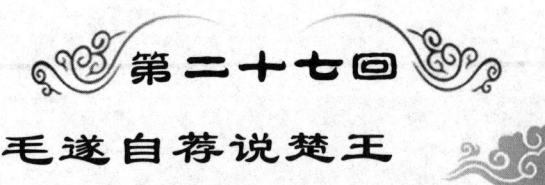

第二十七回
毛遂自荐说楚王
信陵窃符救赵国

话说白起长平坑赵军四十万之后，乘胜追击，奔赵国国都邯郸而来。情势危急，苏代到秦国使用反间计，秦王召白起班师，旋即又后悔，再改派大将率十万大军来围邯郸。赵国廉颇守城，坚持了一年多。秦国又派来增兵。

赵王害怕，要向诸侯求救。平原君说："魏国信陵君跟我有婚姻之亲，肯定能来救。楚国太远，我得亲自去说服。"他想从门客中挑选二十个文武双全的人，挑来挑去只选了十九个，非常感慨："想不到我养门客几十年，人才这么难得。"这时，一个门客说："不知道我毛遂能不能算一个?"平原君说："人才处世，就好像锥子放在麻袋里，锥子头就会扎出来，你在我门下三年了，我怎么从来没有听说过呢?"毛遂说："我今天才有机会进入麻袋，要是早进去，不要说锥子头，整个锥子都出来了。"平原君就把他也带上了。

平原君和楚王相见，坐在朝堂之上，毛遂等人站在堂下。平原君跟楚王提出合纵抗秦的事情，楚王说："最早就是你们赵国提出合纵的，后来被张仪拆散。再后来，我们楚怀王做过纵约长，联合诸国伐秦，没有成功。齐湣王做过纵约长，诸侯都不服从。现在大家都忌讳合纵的提法,六国一盘散沙,恐怕难以联合吧。"楚王又说:"现在秦国强大,各国自保都来不及,哪有心思搞合纵?"平原君说:"正因为秦国强大,各国自保困难,才要联合起来共同抗秦。"楚王还是害怕秦国,说:"现在秦国攻打了赵韩两国不少地方,长平一战坑赵国四十万军队,现在又围了邯郸,楚国路远,能有用么?"平原君说:"长平一战,是赵王用错了将领。现在秦兵围困邯郸一年多,不能占到丝毫便宜。要是救兵一到,可以打败秦国,各国都能有好几年的安稳啊。"楚王又说:"秦国新近才和楚国通好,要是我们出兵,秦必然迁怒于楚,楚国就会替你们挨打啊。"平原君说:"秦国跟你们通好,就是为了专心对付赵魏韩三国,一旦三国失守,楚国也就不保了。"楚王害怕秦国,犹豫不决。

毛遂看时间到了中午,来到堂上,对平原君说:"合纵的利害,两句话就说明白了,为什么说半天还没有说清?"楚王问:"你是什么人?我同你主人商量,有你什么事?"毛遂一面手按宝剑,一面上前几步,说:"合纵是天下大事,天下人都可以讨论。我主人还没有说话,你斥责什么?"楚王有些惧他,问:"你有什么意见?"毛遂说:"楚国地方五千里,自称王以来,一直雄视诸侯,自称盟主。等到秦国崛起,楚国连吃败仗,连怀王也被骗,客死他乡,又被迫迁都。小孩子都感到羞耻,你堂堂楚王,不感到羞耻吗?现在商议合纵,是为了楚国,不是为了赵国!"楚王说:"嗯,嗯。"毛遂问:"那你下定决心没有?"楚王说:"下定决心了。"于是,毛遂请楚王、平原君歃血为盟。回国后，平原君对毛遂说："您的舌头真是比百万雄师还要厉害啊，我以前没有发现你，真是我的过错。"

楚王既然同意合纵，就派春申君领兵八万，前去救赵。魏王也派大将晋鄙带了十万人来救。秦王听说楚国魏国救兵来了，亲自到邯郸督战。魏国离得近，救兵先到，秦王派人跟魏王说："秦国现在攻打邯郸，马上就要拿下了。谁来救，秦国就打谁。"魏王害怕，传令晋鄙不要再前进。春申君大军到后，也屯兵在外，观望不进。

平原君见魏楚两军不敢来救，又给信陵君写信求救。信陵君说服不了魏王，带着几百个门客，准备亲自动身去救邯郸。门客侯生，本来是个看城门的老头，信陵君听说他的大名，请来以礼相待，有一段时间了。侯生跟他说："公子好自为之吧。我老了，不能跟您一起去了。"信陵君出城十余里，心想：我平日待侯生不薄，他怎么没有劝告呢。他叫住门客，自己返回去。侯生在门口等他，说："我知道你肯定回来。你待我很好，我不送你，你心里恨我，肯定回来。"信陵君说："我是怕平日有什么不周到的，回来请罪。"侯生说："你这样去送死有什么用？"信陵君说："我也知道没用，只是我和平原君交情深厚，不能自己偷生。您有什么计策吗？"侯生说："我听说魏王宠信的如姬有杀父仇人，她请魏王报仇，三年不成，是你我门客替她报仇的，可有此事？"信陵君说："有啊。"侯生说："如姬感念你的恩德。现在兵符就在魏王那里，你何不请她偷来？你拿了兵符，换下晋鄙，带着军队去救邯郸，可以成就一番功业啊。"信陵君得了兵符，跟侯生告别，侯生说："将在外,君命有所不受。你即使带了兵符去,晋鄙万一不听或重新请示魏王,你怎么办?我有个朋友朱亥,是个勇士,你带他同去,万一晋鄙不服从,就地击杀。"信陵君和侯生去请朱亥,朱亥是个杀猪的,信陵君向来厚待他,他也不推辞。侯生说:"照理我也要一起去的,但我太老了,走不了那么远了,我以魂魄送你们吧。"说完拔剑自刎。信陵君十分悲伤,同朱亥一道忍痛而去。

三日之后,魏王发觉兵符丢失,得知信陵君已经出门,已经知道个大概,派大将卫庆领三千精兵去追。这时,信陵君已经到了魏军大营。大将晋鄙验过兵符,心想:"魏王把十万大军托付给我,我虽然没有建功,也不曾出错。现在没有魏王手令,只有兵符,恐怕有问题。"他说:"信陵君远道而来,先休息两天,再行交接。"信陵君说:"军情紧急,哪有时间休息?"晋鄙说:"军机大事,不能疏忽,我还要禀告魏王,才能……"朱亥大声说:"元帅不服从魏王命令,便是造反!"晋鄙还没来得及争辩,朱亥袖子里飞出一个四十斤重的铁锤,将他当场打死。等卫庆追到,信陵君已经掌握军权了。卫庆知道他救赵决心已定,只好回去禀告魏王。信陵君对他说:"你既然来了,就等我破了秦军,再回报魏王不迟。"把他也扣留了。信陵君整顿军队,得八万精兵,来进攻秦军,他自己同门客身先士卒,英勇作战。平原君看救兵到了,也开门来战。秦军受到两面夹击,败退逃亡,秦王见抵挡不住,只有收拾残局,班师回秦。

秦兵一败,韩国乘机收复了上党地区。春申君看秦兵回国了,自己也带着军队,无功而返。赵王和平原君都来感谢信陵君,赵王说:"我赵国能够不灭亡,全靠你的功劳啊。"平原君也给他当马前卒。信陵君非常高兴,洋洋自得。朱亥提醒他说:"别人对你有恩,你不能忘。你对别人有恩,你不能不忘。你对赵国是有功,可是你假传魏王命令,击杀大将晋鄙,对魏国来说,可是个罪人啊。"信陵君这才清醒起来,在赵王面前也不居功自傲,反而很低调。他也不敢回魏国,让卫庆把军队带回魏国,并向魏王请罪。

再说魏王,开始查明信陵君窃符经过,非常生气,将涉案人员和信陵君家属统统关押,等到卫庆率领大军回国,讲述救赵经过,得知打败秦兵,这才高兴起来,又将那些人统统放了。如姬对魏王说:"这一仗打赢了,秦国害怕大王,赵国感谢大王。一举两得,这都是信陵君的功劳,他可是国家的栋梁啊。现在他怕您怪罪,在赵国不敢回来,您何不召他回国,辅助您呢?"魏王说:"恕他无罪也就行了,怎么还能算他有功?把他家人放出来,给些奖赏,但不许迎信陵君回国。"

信陵君在赵国一待就是十年。这期间,秦国换了两个国君,新的秦王是庄襄王,他曾在赵国当过人质,差点死在赵国。他当上秦王之后,要报此仇,派大军攻赵,又攻打魏国。魏兵屡屡失败,如姬建议请回信陵君,魏王没有办法,只有写信给信陵君。信陵君在外十年,不能回国,对魏王有怨恨,说:"我在赵国十年了,已经是赵人了,魏国的事情,不敢过问。"一个门客说:"您这是什么话!现在赵国和各国之所以看重您,就是因为您背后有魏国。天下宾客都来归服您,也因为您是魏国人。现在魏国有难,您不去救,一旦魏国被攻下,不但您祖宗的坟墓保不住,就是您自己还有什么脸面在国外寄居?"一句话说得信陵君清醒过来,他向赵王辞别。赵王说:"当年赵国有难,全靠你带魏兵来救。现在魏国有难,赵国也不能不管。"赵王派十万大军听信陵君调度。信陵君又请来燕国、韩国、楚国的救兵。

几路大军一到,秦兵大败,魏国转危为安。魏王大喜,论功行赏,此后国内大小事务,都交给信陵君处理。信陵君名声更大了。秦王更加视他为眼中钉,想方设法要除掉他。先想引诱他到秦国,扣留他,结果不成。有谋臣出了反间计:"信陵君救了魏国,功劳很大,现在又名声远播。他功高震主,何况当年击杀晋鄙,晋鄙的宗亲对他也恨之入骨,我们正好利用这些矛盾,来个反间计。"魏国果然对信陵君产生怀疑。信陵君虽然于心无愧,可看到魏王不再信任他,也就不敢再专心国事。他先是托病不上朝,后来辞掉了官职,终日游乐,郁郁而终。

自信陵君不受魏王重用后,魏赵两国关系破裂,其他国家之间本来就靠着信陵君的威信才有了短暂的联盟关系,现在联盟又不复存在了,各国再度陷入互不信任,相互攻打的局面。

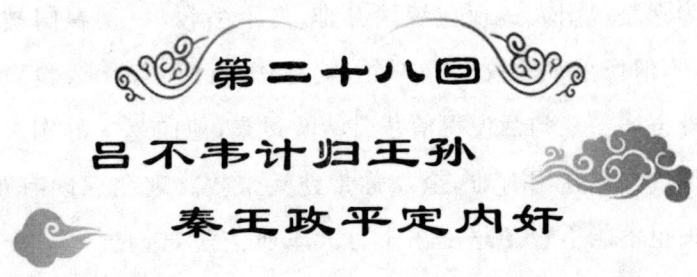

第二十八回
吕不韦计归王孙
秦王政平定内奸

　　话说秦赵渑池之会后，秦昭襄王的孙子异人被送到赵国做人质。异人是太子安国君的儿子。安国君有二十多个儿子，都是妃子所生。安国君最宠爱的一个妃子是楚国人，号华阳夫人，她没有亲生儿子。异人虽然是秦国王孙，但在赵国做人质多年，加上亲生母亲很早就死了，所以很长时间没有人关心他。等到长平之战以后，秦赵两国成了敌国，秦兵围困邯郸，赵王迁怒于异人，想要杀他。平原君说："异人没有得到秦国的宠爱，杀了他也不解恨，反倒给秦国落下口实，也断绝了以后和好的退路。"赵王怒气未消，命大夫公孙乾看管，把他软禁起来，剥夺了各种待遇。

　　当时，邯郸城里有个大商人叫吕不韦，他在街上看到异人长相非凡，打听到他的身份。吕不韦问父亲："种地可以获利几倍？"父亲说："十倍吧。"他又问："贩卖珍珠宝玉，可以获利几倍？"父亲说："一百倍吧。"他再问："要是扶助一个人当国君，可以获利几倍？"父亲说："哪里有这样的机会，要是有，不知道会获多少倍利呢！"吕不韦于是打起了异人的主意。

他先用重金同公孙乾套上关系,熟识之后,就有机会见到异人了。有一次,他请公孙乾喝酒,说:"我们喝酒,也没什么外人,秦国的王孙在这里,不如叫出来一起喝点吧。"公孙乾出去上厕所,吕不韦悄悄地跟异人说:"秦王现在老了,安国君最宠信华阳夫人,她又没有儿子,现在安国君二十多个儿子,没有哪个受到特别的宠爱。你何不现在回秦国,讨好华阳夫人,将来有机会做王储啊。"异人含泪说:"我哪有那份奢望,只求能离开赵国,早日回秦国啊。"吕不韦说:"我家倒还算富裕,我愿意花钱替你去秦国求情,你看如何?"异人说:"那太好了,日后我要是取得富贵,一定不忘和你分享。"等公孙乾回来,他们已经暗中说定了。此后,吕不韦经常和异人往来,送给他钱财,让他结交宾客。

过了不久,吕不韦来到秦国。他身份太低,见不到华阳夫人,只好找到她的姐姐,送上珠宝,说:"王孙非常孝顺,虽然身处赵国,但每逢太子和华阳夫人生日,都焚香祷告,西望而拜。他又非常聪慧,结交了很多宾客。现在秦赵正在打仗,他不能回来,托我带些礼物给华阳夫人和您,请您转交。"姐姐交给华阳夫人,夫人非常高兴。吕不韦又问她姐姐:"华阳夫人有儿子吗?"她姐姐回答说:"没有。"吕不韦说:"靠美貌获得宠信的,一旦美貌不在,也就失宠了。华阳夫人还是应当在儿子中选一个亲近的,以后他做了国君,也还能享受尊荣啊!"姐姐又将这话转告华阳夫人,夫人觉得有理。夫人趁跟安国君喝酒之时,极力赞赏异人孝顺贤明,要太子封他做了嗣子，并答应找个机会跟秦王说说，把异人接回秦国。

秦王正跟赵国打仗，不愿意求赵国放人。吕不韦打听到王后的弟弟阳泉君正位高权重，吕不韦对他说："您现在有死罪了，您知道吗？"阳泉君说："不知道啊。"吕不韦说："现在您身居高位，手下也都跟着得势。秦王年老了，等他过世，太子即位，他手下恨您的人肯定多，您不就危险了？我现在有方法让您永享富贵。"阳泉君问："什么办法？"吕不韦说："太子没有嗣子，异人聪慧闻名于诸侯，现在留在赵国回不来，得不到宠信。您要是帮他回来，他得到太子的宠信，当了嗣子，以后就是秦王，您有这份功劳，世世代代都能享受富贵了。"于是，阳泉君跟王后说，王后跟秦王说，秦王松了口。太子找到吕不韦，说："现在秦王主意不坚定，怎么办？"吕不韦说："您要是保证能立异人做嗣子，我倾家荡产，替你买通赵国官吏，帮助异人逃出赵国。"太子和夫人都很高兴，又资助了他一些钱财。吕不韦回到赵国，将秦国一行的结果告诉异人，异人自然更加高兴，日夜期盼回国。

再说吕不韦有个小老婆，是赵国人，长得非常漂亮，能歌善舞，而且怀上孩子刚两个月。吕不韦心想：异人回国，做了嗣子，以后就是秦王，我把赵姬献给他，要是生个男孩，以后秦国的天下，就是我吕家的了，也不枉我倾家荡产一把。主意打定，他和赵姬商量好，安排了个机会，把她送给异人。异人得了赵姬，如鱼得水，非常宠爱。过了一个月，赵姬说有身孕了。因为赵姬怀的孩子是个真命天子，不比常人十个月就生产,而是等到满十二个月才出世,异人也就不怀疑是自己骨肉了。这个孩子出世时,满屋红光,百鸟飞来朝贺,孩子长得鼻子饱满,眉目细长,额头方阔,背上有一道龙鳞。异人大喜,说"我这儿子骨相非凡,他日必然掌握天下政权。"于是取名赵政。他就是后来统一六国的秦始皇。

赵政三岁那年,秦兵第二次围攻邯郸,就是上回说的信陵君窃符救赵那次。吕不韦对异人说:"现在形势危急,要赶紧想办法逃走。"异人说:"全靠你安排了。"于是吕不韦骗过公孙乾,花重金买通守城官兵,让异人扮作他的仆人,逃出邯郸,遇到秦国军队,说明身份,正好秦昭襄王在前方督战,见到孙子异人,也非常高兴,说:"太子日夜想你,你现在逃出虎口,很好,快回秦国去见你父亲吧。"秦王派了一队人马,护送他们去秦国。吕不韦对异人说:"华阳夫人是楚国人,你去见她,换上楚国衣服,表示眷恋之情。"华阳夫人见了,问:"你在赵国,怎么一副楚国人打扮啊?"异人说:"我日夜思念母亲,没有机会见到您,只有穿楚人衣服,安慰自己的挂念?"华阳夫人听了,非常高兴,说:"我就是楚国人,你就做我的儿子吧。"安国君也说:"好啊,既然夫人高兴,异人就改名叫子楚吧!"异人又把吕不韦如何帮助他逃出赵国说了一遍,吕不韦自然留在秦国,受到重谢。

秦昭襄王在位五十六年后病死,安国君继位,就是孝文王,异人也做了太子。诸侯得知秦王去世,都派人来吊唁,孝文王安排宴席款待,回宫后暴死,大家都怀疑是吕不韦下毒毒死的,但谁也不敢说。这样,异人就当了国君,他就是庄襄王,华阳夫人做了太后,吕不韦做了丞相。吕不韦也效仿孟尝君等人,养食客三千多人。

东周天子听说秦国连死两个国君,国内政局不稳,以为来了机会,约诸国共同起兵讨伐秦国。吕不韦建议秦王先出兵,灭了东周,自此,长达791年的周朝彻底灭亡。秦王乘胜攻打韩国,连拔数城,直逼魏国国都大梁,就是上回讲到的信陵君重新纠合各国兵力,最终解围的那次。秦庄襄王异人在位三年,得了重病。他生病期间,吕不韦经常进宫探望,和王后赵姬又勾搭在一起。等到异人病死,他辅佐才十三岁的太子嬴政,就是原来的赵政,当了秦王,赵姬做了太后。吕不韦自称尚父,实际上把持了秦国朝政。

吕不韦和太后赵姬旧情复燃,常出入后宫,太后生性淫荡,自然少不了淫乱之事。等到秦王长大了,英明过人,吕不韦有些害怕,想疏远太后,无奈太后时常招他去。吕不韦听说有个叫嫪毐的犯奸淫罪的犯人,床笫能力过人。吕不韦以太监的身份把嫪毐弄进后宫服侍太后。太后非常喜欢嫪毐,吕不韦得以解脱。不久,太后怀上身孕,怕秦王发现,声称后宫闹鬼,躲到二百里外的雍城去了。秦王只怀疑太后和吕不韦的事,见太后走远,倒也高兴。太后和嫪毐到了行宫,更加肆无忌惮,居然生下两个儿子。两人还商议等秦王死了,封儿子做国君。太后又请秦王封赏嫪毐做了长信侯。嫪毐有太后宠信,结党营私,发展起自己的势力,居然超过了吕不韦。

后来，秦国出现彗星，太史说："这时国中有兵变的征兆。"雍城有天坛，秦王每年都要去祭祀，顺便朝拜太后。这一年，他听说会有兵变，临行前派大将在咸阳做了准备。到了雍城后，在太后居住的大郑宫居住。随同前去的大臣和嫪毐饮酒赌博，有个大夫叫颜泄的，赢了嫪毐很多钱，嫪毐恼羞成怒，两人争吵起来。嫪毐大怒，打了他一个嘴巴子，骂道："你是什么东西？我是当今秦王的继父，你敢跟我争！"颜泄害怕，跑出去，正好遇见秦王从太后那里回来，一顿哭诉。秦王是有心机的，当场装作喝醉了，不理会他。事后叫颜泄把嫪毐的情况调查个一清二楚，知道他跟太后生下两个儿子，大怒，秘密传令在外的军队来捉拿嫪毐。早有人把消息报告嫪毐。嫪毐找到太后，哭着说："现在只有我们先下手为强了。趁大军未到，先杀了秦王，我们夫妇才能保住性命。"太后方寸大乱，全听嫪毐安排。嫪毐带了自己的门客和雍城的兵丁，冲进大郑宫。秦王问："你们来做什么？"众人说："长信侯说宫中有贼，我们前来捉拿。"秦王说："长信侯就是贼，给我拿下，重重有赏！"于是一顿混战，嫪毐兵败外逃，正好被赶来的秦军活捉。秦王问明情况，将太后和嫪毐私生的两个儿子装进布袋打死。太后不敢来救。秦王又灭嫪毐三族。

秦王回到咸阳，想连吕不韦一起处置，大臣们平时同吕不韦交好的多，都劝说："丞相辅助先王登基，有大功劳，嫪毐空口无凭，不宜牵连太多。"秦王于是免了他丞相的职位。后来,秦王迎接太后回咸阳,怕她同吕不韦再有瓜葛,把吕不韦赶出咸阳。各国听说吕不韦出了咸阳,都派使臣来问候,络绎不绝。秦王怕他去别的国家做官,对秦国不利,写了封信,赐他毒酒。吕不韦读完信,大怒,骂道:"我倾家荡产,扶助先王,功劳大不大?太后跟我生下你,现在做了秦王,血缘亲不亲?你何必赶尽杀绝!"过一会儿,他想明白了,说:"我是一个商人的儿子,谋夺了别人的国家,奸淫了别人的妻子,杀了别人的国君,老天怎么能饶我?现在要我死,已经很宽容了。"说完,服毒自尽。

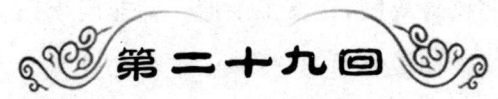

第二十九回

王敖反间杀李牧
秦王用计灭韩赵

　　吕不韦自知罪孽深重，自杀身亡。秦王下令驱逐他的门客。有一个门客叫李斯，给秦王写了封信，其中说道："秦穆公得了百里奚等人，才称霸；秦孝公任用商鞅，才强国；秦惠王任用张仪，才打散六国联盟；秦昭王用范雎，才定下远交近攻的策略。大王要驱逐门客，门客就会被敌国所用，秦国如何能战胜列国？"秦王明白过来，赶紧找到李斯，官复原职。

　　李斯对秦王说："自从孝公以来，各国兼并，只剩下七个国家了。现在周朝已经灭亡，秦国又最强大，大王又如此贤明，不趁此机会扫荡六国，等到他们重新合纵，后悔都来不及了。"秦王说："我想吞并六国，你有什么计策？"李斯说："韩国离秦国最近，国力最弱，先灭韩，可以震慑各国。"于是，秦王派十万大军攻韩。韩王刚刚继位，怕得不知道怎么办。韩国公子韩非，有大才，曾经给韩王上书，没有受到重用，想趁机到秦国一展才华，主动要求去秦国求和。秦王见韩国愿意做藩国，很高兴，撤回军队。韩非又说："我有计策可以破除合纵，使秦国兼并各国。"他上书五十万字。秦王读了，非常佩服韩非的才华，准备重用他。李斯知道了，怕被他抢了地位，在秦王面前挑拨离间，让秦王杀他。韩非问李斯："我有什么罪?"李斯说："你没有罪，只是一山难容二虎罢了。"

韩非死后，秦王又常常后悔杀了这样的人才，李斯给他推荐了一个才能不在韩非之下的人，叫作尉缭。秦王以礼相待，请教尉缭。尉缭说："各国只要不联合起来，就容易兼并。"秦王问："您有计策吗?"尉缭说："现在各国的权势，都掌握在豪门手中。这些人只顾自己家族的利益，不管国家死活。只要您肯出重金收买他们，使得各国政局混乱，那么离亡国也就不远了。"秦王很赞成，尉缭和他的弟子都得到重用。秦王又问他兼并的顺序。尉缭说："韩国弱小，先兼并他，其次是赵魏两国。三晋亡后，再全力对付楚国。等楚国也灭亡了，燕国和齐国就跑不掉了。"秦王说："韩国刚刚做了藩国。要攻打赵国，又怕出师无名啊。"尉缭说："赵国地广兵多，要是有韩魏相助，就难以打下，现在韩国依附于秦国，您可以先出兵声称要攻打魏国。赵国有个奸臣叫郭开，贪得无厌。我叫学生王敖去魏国，说动魏王向郭开行贿，请赵国出兵救魏，这样一来，您再攻打赵国，就有理由了。"秦王说："好计策!"于是派桓齮领十万大军，号称伐魏。尉缭再派王敖去说服魏王，魏王委托王敖去赵国求救兵。赵王果然派兵来助，被秦军截住，大败而回。

秦军乘胜攻来。赵王大惊，召集群臣商议。大家都说："只有廉颇能抵抗秦国，赶紧把他召回来吧。"原来廉颇得罪了郭开，十年前就躲避到了魏国。赵王没有办法，只有派人去找廉颇。郭开怕他回来立功，先跟赵王说廉颇老了，不知道还能不能打仗,应该先派人打探一下,又悄悄收买了使者。使者来到魏国,廉颇很高兴,说:"我在魏国十多年,赵王不闻不问,现在忽然派人送来铠甲战马,看来是想重新起用我了。"他为了表示自己身子骨还很硬朗,特意大碗吃饭,大块吃肉,还上马表演了一番武艺。使者回赵后,赵王问:"廉颇年纪大了,饭量怎么样?"使者说:"饭量倒还不小,就是一顿饭的工夫,上了三次厕所。"赵王叹道:"廉颇真是老了!"便没有起用廉颇,一代名将,后来被楚王召去,但不得志,郁郁而终。

当时,王敖还在赵国,他试探郭开:"你不怕赵国灭亡吗?不如劝赵王起用廉颇。"郭开说:"赵国亡就亡了,廉颇是我的仇人,我怎么能让他回来?"王敖进一步试探:"赵国要是亡了,你怎么办?"郭开说:"要么去楚国,要么去齐国。"王敖说:"齐国楚国,跟赵国也没有区别,不如去秦国。不瞒你说,我的老师尉缭现在秦国做官,他知道你能掌握赵国的大权,我给你的钱财都是秦王送的。秦王说你要是帮他灭了赵国,少不了给你个大官做。"郭开听到这里,大喜过望,当场答应。秦王知道后,秦军对赵国的攻势更加迅猛了。

赵悼襄王又怕又急,一命呜呼。太子迁即位,郭开是太子的老师,就做了相国。桓齮趁赵国丧君的机会,加紧进攻。赵王早就听说李牧有大将之才,赶紧从外地召他来抵抗秦军。李牧跟赵王说:"秦国屡屡战胜,士气旺盛。只有您答应我能随机应变,我才能接受大将一职。"赵王问:"你的军队还能出战吗?"李牧说:"出战不行了,守城没有问题。"赵王又征集十万军队给李牧。李牧只是坚守，绝不出战。桓齮知道他用的是廉颇的办法，也没有办法取胜。李牧又找到机会，出其不意，强攻秦军大营。秦军大败，逃回咸阳。赵王大喜，封李牧做安武侯。秦王撤了桓齮的职务，又派大将王翦、杨端分两路来攻，派大将内史腾做后援，顺便看住韩国。李牧大军驻扎好后，连营数里，两路秦兵不敢冒进。秦王非常着急，王敖想出一个计策。

王敖来到王翦军中，对他说："李牧是名将，硬打恐怕难以取胜。你派人同他讲和，你们多往来几次，我自有办法除掉他。"之后，王敖又跑到赵国，跟郭开说："李牧和秦军私自议和，说好赵国灭亡后，瓜分赵国。你赶紧报告赵王，让他撤换李牧。这个功劳可不小啊！"郭开既然投靠了秦王，当然知道怎么回事，赶紧报告赵王。赵王派人暗中察看，确实发现李牧同王翦有书信往来。赵王同郭开商量，郭开说："现在赵葱在军中，您派兵去，只说召李牧回来担任相国，叫赵葱代理大将一职。李牧肯定不起疑心。"使者到了李牧军中，李牧说："现在两军对垒，正是生死存亡之际，怎么能换大将？虽然赵王有令，我也不能回去。"使者是忠心之人，私下对李牧说："这都是郭开的诡计，他诬告您要谋反，赵王听信谗言，设计召您回去呢。"李牧大怒，说："这个奸贼。先是诬陷廉颇，现在又来诬陷我。我先带兵返朝，把他铲除了再说！"使者说："您要是带兵回去，知道内情的，当然认为您忠心耿耿，不知道内情的，还真以为您要造反呢。凭您的才能，去哪个国家不行，何必非要在赵国？"李牧悲叹说："我以前还怪乐毅和廉颇身为赵国大将,最后却都离赵国而去,想不到今天我也沦落到这个地步。哎,只是赵葱这个人,实在不堪重用。我不愿意把将印给他。"当晚,李牧把将印挂在大帐,自己偷偷跑了。赵葱感激郭开提拔之恩,想讨好他,赶紧派人去捉拿李牧,居然在一个小店里找到他,趁他熟睡时将他杀害,可怜一代名将,死在小人手里!赵国军队,一大部分是李牧老部下,平日里最佩服李牧,很爱戴他,知道他无辜被杀,都很义愤,无心作战,逃亡了一大半。秦军得知李牧死了,提前喝酒庆祝胜利。赵葱等人根本不是王翦对手,赵军大败,秦兵围了邯郸。

同时,秦王命内史腾去灭韩国,韩王只有把韩国献给秦国,保住了性命。秦把韩国改作颍川郡,自此,六国只剩下五国了。

赵王见秦兵围困不去,退敌无方。郭开劝他效仿韩王投降,只有公子嘉据理力争,又率领族人日夜巡逻守城。郭开好不容易找了个机会,给秦军送信,表示愿意献城投降,赵王也十分恐惧,要是秦王亲自到邯郸,赵王肯定投降。秦王得报,大喜过望,亲自带领三万精兵,前来督战。赵王更加恐惧。郭开说:"秦王亲自来到前线,并不是为了破城。太子这帮人靠不住的。您还是早定主意吧。"赵王说:"我是想投降,怕秦王会杀了我啊。"郭开说:"秦王没有杀韩王,又怎么会杀您呢?您要是献上和氏璧和邯郸城,我想他不会为难您的。"赵王一向昏庸,都听老师的安排,这个时候,更没有主意了。赵王说:"你要是觉得可行,赶紧写投降书吧。"郭开说:"我都写好了，就等您签字盖章呢。"公子嘉听到消息，只得带着一些族人，逃到代郡，收拾人心，稳定残局。

秦王准了赵王的投降，入了邯郸城，住在赵王的宫殿里。赵王以臣子礼见秦王，秦王一面拿着和氏璧玩，一面挖苦说："先王用十五座城池换这块玉都没有换来啊。"秦王封郭开做上卿，赵王才知道他卖国求荣，后悔也来不及了，不久就气死了。郭开搬了万贯家产去秦国，在路上被强盗杀害，有人说是李牧的余党。这样，秦国灭了赵国，把赵国改作巨鹿郡。六国只剩下四国了。

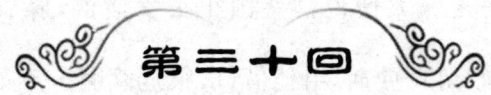

第三十回
荆轲献图刺秦王
嬴政建制称始皇

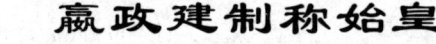

正当秦王派大将王翦和杨端兵分两路,前去攻打赵国之时,燕国的太子丹正好在秦国做人质。他知道,赵国兵败之后,燕国一定就危险了。他一面派人给燕王送信,叫他做好防备,一面让燕王假称病重,求秦国放太子丹回国。秦王说:"燕王不死,太子丹不能回去。除非乌鸦头变白了,马头上长出角来!"太子丹仰天长叹,怒气冲天,一夜之间,秦国乌鸦的头都变白了。秦王还是不肯放他回国。太子丹找了个机会,乔装打扮,逃回燕国。秦王忙于同赵韩两国打仗,没有顾得上这件事。

太子丹逃回燕国后,对秦王恨之入骨,他疏散家财,招纳人才,图谋报复秦国。有勇士秦舞阳,大白天在闹市区杀人,无人敢近身。太子赦免了他的罪,收入门下。秦国大将樊於期得罪了秦王,听说太子丹好客,来投奔他,太子丹专门给他建了一座房子。太傅说："秦国正蚕食诸侯，躲着他还来不及，您反而收留樊於期，给他借口，很危险啊。不如派樊於期北上，联合匈奴，我们再向西联合三晋，向南联合齐楚，这样才可能抵抗秦国啊。"太子丹说："您说的计策太长远了，远水解不了近渴啊。何况樊将军走投无路才来投奔我，我怎么能不收留他。您能不能想出其他办法来啊？"太傅说："我才智浅薄，想不出来了。我认识一个朋友田光，智勇双全，认识的人也多，我给你引见。"

太傅接来田光，太子丹迎出宫门，为他领路，又用袖子替他擦拭座位。田光年纪很大了，佝偻着坐上去。太子丹说："当今形势，燕国秦国势不两立。我听说您智勇双全，请您出力挽救燕国。"田光说："太傅只知道我年轻时候的本领，不知道我现在已经老了。"太子丹说："那您认不认识有什么出色的人才呢？"田光说："太难了。你有什么勇士，叫他们来，我帮你看看。"太子丹召来夏扶、宋意和秦舞阳。田光问清姓名，一一看过，对太子丹说："我看了看，没有可用之才啊。夏扶是血勇之人，一怒脸就红；宋意是脉勇之人，一怒脸就青；秦舞阳是骨勇之人，一怒脸就白。怒气会在脸上表现出来，就能被人看穿。这样的人不行。我认识一个叫荆轲的，比他们强点。"太子丹问:"这是什么人?"田光说:"他是齐国大夫庆封的后代,流落到这里,同燕国人高渐离要好,常常喝酒唱歌,感叹自己怀才不遇。这个人深沉有谋略,我赶不上他。他很穷,我经常资助他酒钱。我给你介绍。"太子丹让田光坐他的车去,又对他说:"我谋划的是国家大事,希望您替我保密。"田光说:"你放心。"他找到荆轲,对他说:"你常常感慨天下无知己,我也有同感。可是我现在老了,不能为知己效力了。你正当壮年,想一展本领不?"荆轲说:"怎么不想,就是没有机会。"田光说:"太子丹招纳人才,我已经推荐你去了。"荆轲说:"既然是您推荐的,我敢不从命?"田光说:"刚才太子丹嘱咐我不要泄露机密,我帮人忙,反而使人怀疑我。我现在以死明志,希望你能报答太子。"说完,拔剑自刎。荆轲正悲伤,太子丹又派人来探望,荆轲就跟着他去。

太子丹跟荆轲说明局势。荆轲问:"那你现在是要举全国之力对抗秦国呢,还是有别的想法?"太子丹说:"现在诸侯都害怕秦国,合纵已经不可能了。我想找一名天下勇士做使者,派去秦国,找个机会接近秦王,劫持他,让他归还从各国那里占领的土地。要是不从,就杀了他。现在秦国大将手握兵权,互相不服,一旦秦王死了,相互猜忌,秦国就会大乱。

这个时候再联合诸侯，共同伐秦，就不难了。"荆轲想了很久，说："这样的国家大事，我恐怕难以胜任啊。"太子丹说："你千万不要推辞啊。"荆轲推不过，才勉强答应。太子丹也给他建了一座房子，就在樊於期的边上。太子丹对荆轲招待十分周到，荆轲决心以死相报。荆轲知道要西入秦国，劫持秦王，非得有得力助手才行。他平日与人谈论剑术，最佩服一个叫盖聂的人，两人交谊很深，他就打听盖聂，准备等他回来，一同入秦。

太子丹知道荆轲有所计划，并不催促，忽然接到报告，秦军已经接近易水，眼看就要犯境了，非常着急。荆轲说："要让秦王信以为真，就必须要有信物。樊於期将军得罪了秦王，他的首级可以，督亢土地肥沃，秦国垂涎已久，可以献上地图。有这两样东西，可以取信于秦王了。"太子丹不忍心杀樊於期。荆轲自己去找他，说："将军得罪秦王太深，以致灭门，想要报仇吗？"樊於期说："怎么不想！"荆轲说："现在我要去刺杀秦王，要借你人头一用，不知你意下如何？"樊於期说："我天天想报仇，就恨没有计策，谢谢你明说。"拔出佩剑，自刎而死。荆轲得了樊於期人头，太子丹也把地图准备好了，又准备好一把匕首，染上毒液，见血封喉。太子丹问："现在东西都齐备了，不知你何时出发？"荆轲说："我要等好朋友盖聂来了一起去，他武勇非常，可以做我的助手。"太子丹说："你的朋友行踪不定。我手下也有几个勇士，数秦舞阳最勇敢，可以做你副手。"荆轲知道太子等不及了，就说："拿一把匕首去龙潭虎穴，有去无回，必须要有非凡勇气才行。我本来想求万全之策的，既然您不能再等了，我们就走吧。"于是太子写好国书，交予荆轲，又派秦舞阳做副手。临别之日，太子和宾客送他们到易水之边，荆轲的好朋友高渐离击筑，荆轲和着音乐高唱：

风萧萧兮易水寒，壮士一去兮不复返！

声调悲凉，送别的人无不流下眼泪。荆轲仰天长啸，气冲云霄，化作一道白虹。太子丹敬酒，他一饮而尽，拉着秦舞阳的手，跃上马车，头也不回地向秦国而去。太子丹登上山顶目送，若有所失。

荆轲来到秦国，通报了秦王，秦王听说樊於期已死，燕国又来献地，非常高兴，设九宾之礼，在咸阳宫召见燕国使臣。荆轲把匕首藏在袖子里，手捧放着樊於期人头的盒子，秦舞阳捧着地图跟着他。两人沿着台阶往秦王处走去。秦舞阳脸色煞白，好像死人一样。秦王侍臣问："使者脸色怎么变了?"荆轲回头看了秦舞阳一眼,向秦王叩首,笑着说:"秦舞阳是北方蛮人,没有见过天子,所以被您吓坏了,请您不要见怪,让他完成使命。"秦王传旨只许一个人上殿。荆轲没有办法,只好让秦舞阳退在一边。秦王验过樊於期人头,问:"燕王怎么不早献上人头?"荆轲回答:"本来想给您送活的,怕路上出意外,才将他杀了。"秦王见他言语从容,面色自然,回答有理,就不怀疑,又来看地图。荆轲从秦舞阳手里接过地图,递给秦王。秦王正要摊开来看,荆轲的匕首不小心漏了出来,他乘势一手抓住秦王的衣袖,一手用匕首去刺,却没有刺到秦王。秦王奋力起身,撕裂衣袖,把屏风撞倒在地。荆轲手持匕首,紧跟在后。秦王不能脱身,绕着柱子跑。卫兵都在外面,没有宣召又不能入殿。秦国法律,上殿见秦王不能带兵器,很多大臣空手来救,被荆轲刺倒好几个,不过幸亏众人阻挡,荆轲没有抓住秦王。秦王想要拔佩剑击杀荆轲,佩剑长八尺,情急之下,拔好几次都没有拔出来。有个小太监喊:"背手拔!"秦王这次将剑拔出。秦王勇武,不比荆轲差多少,又仗着手里宝剑长,荆轲难以取胜,反而被砍断右腿。荆轲扑倒在柱子边,站不起来,举起匕首,向秦王飞去,秦王一闪,匕首从耳边飞过,插入背后的柱子中。秦王挥剑砍来,荆轲用手隔挡,三个手指被砍断,又被连刺八剑。荆轲靠在柱子上,大笑,又对秦王说:"算你走运。我本想活捉你,让你退还侵占各国的土地。没想到被你跑了。真是天意!不过你靠武力,吞并诸侯,你也安享不了几天太平的。"左右一拥而上,荆轲当场毙命。秦舞阳早就被人砍死了。

秦王没死,怒气难平,增兵来攻打燕国。太子丹不胜悲愤,起兵抗击,当然不是秦国大军的对手。燕王说:"都是你啊,惹来灭国之祸!"太子丹说:"韩赵灭国,难道也是我的错吗?事已至此,您赶紧逃,我来断后。"太子丹断后,燕王向东逃到辽东,停在平壤。秦王给燕王写信,说只要燕王杀了太子丹,秦国就不再赶尽杀绝。燕王无奈,只有将太子丹杀死,送给秦王谢罪。尉缭对秦王说:"虽然燕国国王还在,赵国太子还在,都是孤魂野鬼,成不了气候了,可以不用管他们,还是专心对付魏国和楚国吧。"

秦王派大将王贲带十万大军去攻打魏国。魏王向齐国求救,说:"齐魏两国,互为唇齿,唇亡齿寒,希望齐国能够同心协力,共同抵抗秦国。"齐国国君年幼,相国早被秦国收买了,跟齐王说:"秦国和齐国是盟国,现在去助魏国,反而会激怒秦国的。"竟然不救。王贲抓了魏国君臣,灭了魏国。秦改

荆轲刺秦王

魏国为三川郡。

秦王灭了三晋之后，又派李信带二十万大军去攻打楚国。李信失败而归。秦王请老将王翦出山，老将说："您要是非要我出征，必须要六十万大军。"秦王说："自古大国征战，也没有超过十万的，您为什么要六十万啊？"王翦说："古代打仗，双方先约好日期，再出战，打仗都有规矩。打仗为了制服敌人，不是杀死敌人，为了声讨罪恶，不是兼并土地，所以虽然是打仗，也还有礼让的成分。所以古代帝王用兵，不在多少。现在各国以强欺弱，以多欺少，逢人就杀，遇地就抢，围城一围就是几年，连农民都拿着武器。我倒想少用些人，可行吗？何况楚国是个大国，我害怕六十万不够呢！"于是，秦王拨发六十万大军给王翦，王翦用两年时间，灭了楚国。秦王将楚国改为九江、会稽两郡。

王翦灭了楚国之后，秦王又拜他的儿子王贲为大将，追击辽东燕国残余，彻底灭了燕国，又班师灭了赵国残余，再挥师南下来攻齐国。齐国是六国中剩下的最后一个国家了，因为秦国的远交近攻计策，四十年来没有打过仗，听说秦国大军到来，没做任何抵抗，两个月就灭亡了。

秦王嬴政，登基二十六年，先后灭了六国，统一天下。他觉得各国国君都称过王,这个名头显示不出他的尊贵,历来三皇五帝功德最高,他觉得自己的功劳比他们还高,要自封为皇帝。他的子孙要把江山一代一代传下去,他是开始的第一个,就是"始皇帝",后世都称他为"秦始皇"。他看到周朝分封制造成了春秋战国几百年的动荡,听从丞相李斯的建议,改为郡县制,把全国分为三十六个郡。至此,春秋战国这段纷乱的历史宣告结束,天下被秦始皇统一了。